トップスターのノーマルな恋人

プロローグ

「うちのゼミの女子、けっこう可愛い子、揃《そろ》ってないか？」

「あぁ、確かに」

聞くたびにときめいてしまう、彼の優しい声――

大学に入ってから、私がひたすら想いを寄せている先輩。彼は今、友人と話しているようだ。

ここはゼミ合宿でやってきた、軽井沢にある大学の宿泊施設。街の中心部から少し離れているため周囲には緑が多く、とても静かな場所だ。

先輩たちは先ほど、ゼミの教授から資料の準備を頼まれていた。

そこで、なにか手伝うことはないかとやってきたのだけど――

「……そういえば二年の木下亮子《きのしたりょうこ》って、極端に胸、小さくね？」

え……

突然聞こえてきた自分の話題に、ドアを開けようとしていた手を思わず止める。先輩の友人の失礼な言葉に愕然《がくぜん》としたが、それでも大好きな彼がどう反応するかが気になった。

――しかし。

「小さいっていうかさ、あれじゃあ、前と後ろもわかんねえだろ」

そんな……

「やっぱり、おまえもそう思う？」

「当然」

地獄へ突き落とされた瞬間だった。顔から血の気がさーっと引いていくのがわかる。そのあとも、先輩たちは楽しそうに話を続けた。

「付き合うなら、巨乳な子がいいよな」

「わかるわかる」

東京からここまで来るバスの中では、あれほど親切に話しかけてくれたのに。もし今告白したら、付き合ってもらえるかもしれないと、バカな夢まで見てしまったのに。

ひどいよ、先輩……

やがて、ぐわんぐわんという奇妙な耳鳴りが頭の中で響き始めた。それは合宿所の周りでうるさく鳴くセミの声と重なり、どんどん大きくなる。

気が付くと私は口に手をあてて、外に飛び出していた。あまりにショックで、うまく頭が働かない。とても惨《みじ》めな気分になり、私はただ泣き崩れるしかなかった。

1

ジジジーッ！

目覚まし時計のけたたましい音で、私、木下亮子は目を覚ました。顔は涙で濡《ぬ》れている。いつもと同じ時刻、午前六時四十五分。また例の夢を見て、私は大泣きしてしまったらしい。

ときどき夢に見る、大学時代の悲しい失恋の思い出。

大好きだった先輩に胸の大きさをネタにされたことは、少なからず私の心に傷を残した。

バストが小さいことがコンプレックスになり、私は今でも男性と付き合うことができなかった。

決して男嫌いだとか、独身主義を貫《つらぬ》こうとしているとか、そういうことではない。もちろん高い理想を掲げているわけでも。ただ男性と付き合うことが怖いのだ。

彼氏ができれば、いずれキスをしてセックスすることになる。そうなると、この貧弱な胸を見せなくてはならない。

未来の彼氏も、先輩と同じように私の胸に幻滅《げんめつ》するかもしれない。こちらがどれだけ好きになっても、最後にはきっと振られてしまうはず。

自分が小心者であることはわかっていた。それでも私は傷付くのが怖くて、恋愛に踏み出す勇気が持てなかった。

彼氏いない歴二十七年で、キスさえしたことがない。

そんな私は、残念なプロポーションをカバーするため、毎日パッド入りのブラジャーを付けている。小さな胸元を少しでも膨らませれば、なんとなく自信を持てるような気がするから——

私は涙をぬぐい、ベッドから起き上がった。

グリーンマンションと名付けられたアパートで、私はひとり暮らしをしている。二つある部屋はどちらも六畳の和室で、小さなキッチンと小綺麗なバス・トイレ付き。

家賃は管理費込みで月八万円。都心から少し離れているが、最寄り駅からは近い。商店街がすぐ側にあるのも便利だ。

「さて、と」

さっき見た夢を頭から追い出し、私は出勤準備を始める。

顔を洗って簡単にお化粧をし、真っ黒な髪をポニーテールにまとめ上げる。コンロに小さなやかんをかけてお湯を沸かし、オーブントースターに食パンを一枚入れた。

トーストには、バターとブルーベリージャムを塗るのが好きだ。アールグレイのティーバッグをマグカップに入れてお湯を注ぎ、手早く朝食をすませる。

白いシャツブラウスにダークな色のスーツが、私の出勤スタイル。

就活中の学生のような格好だけど、仕事には最適だし、あらかじめ決めておけば朝の洋服選びで時間を費やさずにすむ。もちろん、パッド入りブラで、胸のサイズをAからBへとアップさせることも忘れない。

準備を終えた私は、図書館で借りてきた本を一冊バッグの中に押し込み、履きなれた低めのパンプスのかかとを鳴らして、いつもと同じ時刻に家を出た。


大学時代、真面目に取り組んだ就職活動。

マスコミ関係への就職を希望し、大手新聞社や出版社、その他メディア関連企業に、片っ端から履歴書やエントリーシートを送った。

次々と不採用通知が届く中、唯一受かったのはウィークリー経済社という小さな出版社。

そして私は今、『ウーマン・ビジネス』の編集部で働いている。

我が編集部がつくっている『ウーマン・ビジネス』は、働く女性のために作られた経済雑誌。政治や経済などの記事だけでなく、女性を応援するための情報がたくさん詰め込まれている。

おすすめのランチエリアにレストラン、オフィスファッション、癒《いや》しのスポット紹介から、短時間でできるダイエットや星占いまで、取り上げる内容は幅広い。

そんな雑誌を編集している私の一日は、通勤電車の中吊《なかづ》り広告のチェックから始まる。旬《しゅん》の話題や流行、新商品のキャッチフレーズ、他社の雑誌の見出しなど、勉強になる素材がたくさんあふれているからだ。

それがひと通り終わると、趣味の読書を始めるのだけど——

なぜかこの日に限って、城ノ内翔《じょうのうちしょう》というイケメン俳優の広告が気になった。彼が現在主演している連続テレビドラマ『御曹司《おんぞうし》様が来た！』の広告である。

ハンサムな顔立ちに、うっとりするほどセクシーな眼差《まなざ》し。そして魅惑的な唇。彼の魅力に、にわかに胸がときめいてしまう。

普段は忙しくてあまりテレビを観ない私だが、城ノ内翔のことは知っていた。つまり彼の人気と知名度は、かなりのものなのだ。

どんな女性と結婚するのかな、こういう人って……

私はふと、そんな余計なことを考えていた。自分とは、縁もゆかりもない人なのに。

やがて満員電車は、カーブで車両を大きく揺らし、駅に到着した。

ドアが開くと、乗客たちは押し合うようにプラットホームへと降り立っていく。

こうして今日も、私の一日が始まろうとしていた——

＊＊＊

「おはようございます」

ウィークリー経済社は、新宿にある十階建て雑居ビルの二フロアを借り切っている。その一角にあるのが『ウーマン・ビジネス』編集部。女性向けの雑誌ということもあって、編集部には女性スタッフしかいない。

「木下さん、悪い。昨日あがってきた特集ページのデザイン、今すぐ見せてくれる？」

「あっ、はい」

オフィスに入った瞬間、美人編集長の新井智子《あらいともこ》女史から声がかかった。私は大急ぎで自分のデスクへと向かう。

大きなバッグをデスクの上に置くと、引き出しを開けた。そしてご指定のものが入った封筒を取り出し、編集長に駆け寄る。

「んーっと……」

新井編集長は長めの前髪をスマートにかき上げながら、口を開く。

「フォントのサイズ、少し上げてみて。タイトルだけど、もうちょっと明るい色にしたほうがインパクトあるんじゃない？」

「確かに、そうですね」

「イエロー、強くしてみたら？」

「わかりました」

「あとはOKよ。このまま進めてくれる？」

心の中で私は、小さなガッツポーズを決めた。

大酒飲みだけどスタイルは抜群で、常に高級ブランドのスーツをカッコよく着こなしている新井編集長。四十代前半の彼女は、入社以来、私がずっと憧れている女性。

そんな彼女から、大きな修正もなくOKがもらえたのだ。嬉しくないはずはない。

以前彼女は、OL向けの超人気ファッション雑誌『ジュリー』の副編集長をやっていたらしい。斬新《ざんしん》な企画を打ち立てて、当時低迷していた『ジュリー』を現在の知名度に引き上げたみたいだ。

そしてその手腕を買われ、八年前、『ウーマン・ビジネス』創刊時に編集長として引き抜かれたという。

新井編集長は政治経済分野の専門家ではなかったが、これまで見事に『ウーマン・ビジネス』の編集部を引っ張ってきた。読者が求めていたのは、単なるビジネスの知識だけでなく、快適に働くために必要な情報だった。そこに目を付けた新井編集長の誌面作りが、女性たちの心を捉《とら》えたのだろう。おかげで『ウーマン・ビジネス』は、創刊以来多くの読者から愛され続けている。

しかし最近、その部数も伸び悩んできた。同じようなコンセプトの雑誌が、世にあふれ始めたからだ。

そこで編集部ではどうにか巻き返しを図ろうと、編集長を中心に新しい企画に取り組んでいる。入社五年目の私も微力ながら頑張っていて、近頃ではひとりで特集ページを任せてもらえるようになった。

前号で担当した特集記事『すっきり疲れが取れる睡眠の秘訣』は好評だったらしく、嬉しいことに編集部には、続編を望む声が届いている。

毎日忙しいけれど、大きな遣《や》り甲斐《がい》を感じていた。


今日は水曜日で、午後から週に一度の定例編集会議がある。時間になると、編集部の面々——女性八人が、ぞろぞろと会議室に集まった。

みんな資料やノートパソコン、タブレットなどと一緒に、飲み物の入ったカップやペットボトルを持参している。

「新企画、決まったわよ」

全員が席につくと、新井編集長がそう発表した。

「もしかして、男性有名人の日常に密着取材する件ですか？」

そう聞いたのは副編集長の斉藤《さいとう》さんだ。彼女は新井編集長の右腕で、編集部を支え続けている。

「あっと驚くようなイケメンでいくから」

「もう、決まりなんですか？」

「はい、決まりましたよ。このところの『ウーマン・ビジネス』は、見事に伸び悩んでいるから。急いで新しいことをやらないと、休刊も見えてるし」

「誰に密着するんですか？」

「誰だと思う？」

編集長はやけにもったいぶる。

「あの、でも。うちの読者に受けるような有名人って、難しくないですか？」

「いたとしても、そんな人はなかなか取材には応じてくれないだろうし……」

「もしかしてモデルさんとか、ですか？」

みんなが口々に発言する。

『意見と質問はその場ではっきりと』が、この編集部のポリシーだ。

そのうち斉藤さんが、みんなの意見をまとめ上げた。

「イケメンというだけで取り上げたら、軽いイメージになりませんかね、編集長。うちの読者には受け入れられないかもしれません。一度失敗して読者が離れたら、取り返しがつきませんよ」

斉藤さんの心配はもっともだ。単に顔が知られているだけの有名人を登場させても、意味はない気がする。

「私だってバカじゃないんだから、そのぐらいわかってるわ。いい？　人選は確かよ。みんな、びっくりしないで」

それでも新井編集長は、自信たっぷりだ。彼女の次の言葉を待ち、その場が緊張に包まれる。

そして――

「ジャジャーン。今回、十日間の密着取材をさせてもらうのは……人気俳優の城ノ内翔さんです！」

編集長は堂々と発表した。

「えぇぇーっ！」

会議室に、どよめきが起こる。

「ほ、ほ、本当なんですか、編集長⁉　間違いなく、あの俳優の、城ノ内翔なんですよね」

「今ドラマ、やってますよね！」

「私も観てますぅ。『御曹司様が来た！』でしょ？」

「結構視聴率、高いんじゃ……？」

「ずっと前から、大、大、大ファンなんです！」

誰もが知る人気イケメン俳優の名に、みんなは今にも小躍りを始めそうだ。

確かに城ノ内翔なら、問題はないだろう。彼は知的で洗練された雰囲気を持つイケメンだし、『ウーマン・ビジネス』の読者層にぴったりだ。

「いいでしょ？　城ノ内翔なら」

編集長は誇らしげに言った。

「はい、もちろんです！」

「最高です、編集長！」

新井編集長の新企画は、編集部全員に絶賛される。

「それにしても、城ノ内翔サイドからよくＯＫが出ましたね。本当に大丈夫なんですか？　十日間の密着なんて」

斉藤さんが心配そうに言う。

「それはもう、あらゆるコネを使って頼みに頼みまくったのよ。なんといっても我が編集部の未来がかかった大仕事だから」

編集長はにっこり笑って続ける。

「城ノ内翔の事務所の社長さん、男性ではあるんだけど、もともとうちの雑誌を読んでくださっていたみたいなの。読者に寄り添った、良い誌面作りをしてるっておっしゃってくれてね」

「そうなんですか⁉」

「事務所では、来年あたりに城ノ内翔の海外進出を狙ってるらしいから、イメージアップしたがってるの。ほら最近、よくないゴシップも出てるでしょ？」

「あれ、ですよね」

斉藤さんが言うと、編集部のみんなは小さく頷《うなず》く。あれ？　あれってなんだろう。私は一人首を傾げる。

「だから、彼の経歴を前面に押し出せて、知的なイメージをよりアピールできる我が『ウーマン・ビジネス』の取材申し込みは、渡りに船だったというわけ」

「なるほど」

新井編集長の説明がひと通り終わると、さっきまで一番慎重だった斉藤さんが、一番乗り気になっていた。

「行けますよ、この企画！」

「でしょ？」

斉藤さんの強い言葉に、新井編集長はにこりと微笑む。

そして私も、なにかの縁を感じていた。今朝、偶然にも満員電車で目に留まったのが、城ノ内翔のポスターだったからだ。

「ところで、編集長。さっそくですが、担当者のほうは……」

誰が城ノ内翔を担当するのか——斉藤さんのひと言に、全員の顔が引き締まる。

「そうね、今回、城ノ内翔に密着してもらうのは……」

みんなはいっせいに息を呑み、姿勢を正して編集長の次の言葉を待つ。

とはいえ、私はさして緊張していないけど。たとえ太陽が東へ沈んだとしても、私の名前が呼ばれることはない。編集者としての経験もまだまだだし、どちらかというと地味なタイプの私に、間違ってもイケメン俳優の密着取材が回ってくるはずはない……

——しかし。

「……木下さん、お願い」

「えぇーっ!?」

名前を呼ばれて一番驚いたのは私だ。どちらかというと要領も悪く、面白みもないこの性格では、芸能人のお相手などとても務まるはずがない。

軽めのトークは苦手だし、そのうえ恋愛経験はゼロで洗濯板のような胸――は関係ないにしても、別世界で暮らすトップスターの本音など、聞き出せるわけがない。

「編集長、ど、ど、どうして私なんですか？　えぇーっ⁉」

妙な声まで発してしまう。

「なに？　自信ないの？」

新井編集長は責めるような目で、こっちを見た。

「そ、そういう、わけでは……ありま、せんが……」

私は困惑した。断る勇気もなければ、引き受ける自信もない。

そんな気持ちを察してくれたのか、斉藤さんが助けに入ってくれた。

「編集長、私も木下さんじゃ、なんというか……ちょっと厳しいんじゃないかと……」

「どうして？」

「いえ、その……」

自分で言うのもなんだけど、斉藤さんの言葉はもっともだ。なにより編集長が必死で取ってきた『ウーマン・ビジネス』の未来がかかった密着取材を、私がやっていいはずない。

だけど編集長はこう続けた。

「私は初めから、この話が決まったら木下さんに頼もうって考えてたの」

「え……」

「だって木下さんはいつも、仕事にきちんと向き合っているから。みんな、この人がくだらないミスしたところ、見たことある？　いい加減な仕事をしたことがあった？」

するとみんなも、納得したかのように頷《うなず》き始める。

「手を抜かず、とにかく粘《ねば》り強く、諦めずに一生懸命。それが木下さんでしょ？　今回の密着取材には、そういう彼女の仕事ぶりが必要なのよ」

「編集長……」

私は今にも泣きそうだった。まだまだ半人前の自分を、どうしてここまで過大評価してくれるのか。

「や、やります！」

私は右手をすっと伸ばし、大声で言った。

「やります、やらせてください！　頑張りますから、私！」

「そうよ。そうこなくっちゃ」

編集長はにこりと微笑んだ。

「ここにいるみんなも、そして私も、木下さんの力になるから。どこまでも城ノ内翔に張り付いて、テレビの画面では見られない彼の本音を探ってきてちょうだい。ただカッコいいだけではなく、人間くさい魅力のようなものをね」

「はい！」

編集部のみんなからも、「頑張ってきてね」とか「羨《うらや》ましい」とか「サイン、もらえるかなあ」とか口々に声をかけてもらう。

これまでの人生で、今日ほど幸せを感じたことはなかった。

ここはなんとしても編集長の期待に応《こた》えて、『ウーマン・ビジネス』を盛り返すきっかけを作らなくては……

心の中で私は、しっかりと決意を固めた。

＊＊＊

まずは、取材対象である城ノ内翔を知ることから始めよう。

私は編集部にある資料だけではなく、図書館にも足を運び、彼について書かれた週刊誌や新聞、インターネットの記事をすべて調べた。

城ノ内翔は、今年で三十歳。人気も実力も兼ね備えた日本のトップ俳優だ。これまでに主演したドラマは十一本で、映画が八本。

父親が外交官だったことから、十年以上の海外生活を経験している。スイス、ギリシャ、アメリカへと渡り、現在、両親と妹はドイツで暮らしているようだ。彼は優れた語学力を活《い》かし、海外進出への道を模索している。
芸能界デビューのきっかけは、ハーバード大学在籍中にモデルとして雑誌に登場したこと。

ハ、ハーバード……？

もともと芸能界には興味のなかった城ノ内翔だが、映画の主役として抜擢《ばってき》され、演じるうちに役者として目覚め……

すごい。この人はただ者ではなかった。英語が流暢《りゅうちょう》に話せる俳優はたくさんいるだろうが、どうやらそれだけではないらしい。編集長が会議で、『彼の経歴を前面に押し出せる』と言っていた意味がわかった。
しかし調べていくうちに、否定的な記事やネットの書き込みも発見する。

城ノ内翔はグラビアモデル出身の女優、相田詩織《あいだしおり》と極秘で交際中。城ノ内の事務所は彼女との関係を完全に否定しているが、相田サイドは二人の交際を概《おおむ》ね認めており……

「概ね認める」とは、どういうことだろうか――

はっきりしないこの感じが、妙に引っかかる。つまり実際に二人は交際しているが、城ノ内翔の事務所が隠したがっているということ……？

相田詩織という女優の評判は、あまりよくなかった。巨乳を武器に女優デビューしたが、役者としての実力は今ひとつのようだ。彼女に離婚歴があることも、評判を下げる要因になっているのかもしれない。

真実はわからないが、とにかくこのゴシップが、最近の彼のイメージをダウンさせているらしい。

相田詩織とのことを問いただすと、決まって城ノ内の機嫌が悪くなる。プライベートを一切話したがらない彼のことを、一部ではマスコミ嫌いとささやく声も……

プライベートを、一切話さない!?　マ、マスコミ嫌い……!?

私はその記事に息を呑んだ。

城ノ内翔はもしや、気難しい性格なのだろうか――

私は彼のことがもっと知りたくて、これまで出演した映画やドラマのタイトルをすべて書き出し、レンタルＤＶＤ店に駆け込んだ。

あちこちの店を回り、城ノ内翔の出演作を全部レンタルしてきた私は、ＤＶＤを早送りしながらざっと目を通した。原作となっている小説がある場合は、図書館で借り、できる限り読む。

密着取材が始まるまで、あと一週間——

平均睡眠時間三時間という過酷な準備期間をなんとか乗り切り、緊張しながらも、どこかわくわくして、私は城ノ内翔との対面の日を待った。

＊＊＊

詰め込んだ知識が、少しでも役に立てばいいけど——

今日は新井編集長とともに、城ノ内翔の事務所へ挨拶《あいさつ》に行くことになっていた。いよいよトップクラスの芸能人と顔合わせして、一緒に仕事をすることになる。

落ち着くのよ、亮子……

必死に自分に言いきかせるものの、どこか浮き足立っていた。

城ノ内翔が所属する芸能事務所、ダイヤプロモーションは、六本木のモダンな高層ビルの七階にあった。ここには彼を筆頭として、テレビや映画で活躍する売れっ子の俳優たちが、大勢所属している。

さすがに大手の芸能事務所が入っているビルだけあって、セキュリティーのチェックは厳しい。

新井編集長と私は、ＩＣチップが埋め込まれた訪問者専用のカードを一階フロントで受け取り、駅の改札口のようなゲートを通過した。

外の景色が見えるガラス張りのエレベーターに乗り、七階で降りると、美人の受付嬢が座るダイヤプロモーションの受付があった。

「いらっしゃいませ」

「『ウーマン・ビジネス』の新井と申します」

「お待ちしておりました」

編集長が名乗ると、美人な受付嬢がにこやかに応対してくれる。私たちは七、八人が座れる小さな会議室に案内された。

香りのいい緑茶が運ばれてきて、待つこと数分――

会議室のドアがノックされ、事務所の社長とマネージャーらしき人に続き、城ノ内翔が入ってきた。

私たちは素早く椅子から立ち上がり、お辞儀をしてお迎えする。

生で見る芸能人とは、これほどまでに神々《こうごう》しいものなのだろうか――

薄紫《うすむらさき》のストライプが入ったラフなデザインのシャツに、ビンテージ風のジーンズ。引き締まった体格に、身長は一八〇センチほどで、とにかく脚が長かった。

顔はテレビで見るよりも遥かに目鼻立ちがくっきりとしていて、彫《ほ》りが深い。愁《うれ》いのある魅惑的な口元に、すっきりとした顎《あご》のライン。さらりとした前髪がナチュラルに額へとかかっている。男性なのにすべすべとした綺麗《きれい》な肌をしていた。

城ノ内翔のイケメン過ぎる容姿は、まったく非の打ちどころがない。私は眩《まぶ》しい芸能人オーラを放つ彼に、即座に魅了されてしまった。

トップクラスの俳優というのは、これほど瞬時に人の心を捉《とら》え、離さないものなの……？

頭がぼーっとして頬まで熱くなり、心拍数がどんどん上がっていく。ハンサムなトップスターを目の前にし、私は夢見心地になった。

「初めまして、『ウーマン・ビジネス』の編集長、新井と申します」

そんな私に構うことなく、新井編集長はさっそく名刺交換を始めた。私も慌《あわ》てて自分の名刺を差し出す。

「このたび担当させていただきます、木下と申します……」

まずは、少しお腹が出た、五十代前半に見える事務所社長の貝塚《かいづか》さん。次に、小柄で細身のマネージャー竹田《たけだ》さん。城ノ内さんは名刺がないみたいなので、こちらから渡すだけ。

けれどそのときの彼の態度は、お世辞にも感じがいいとは言えなかった。

なにが面倒なのかは知らないが、私が名刺を渡しても黙ったままで、小さく会釈《えしゃく》するのみだ。どこか横柄《おうへい》にも見える。有名芸能人とはみんな、こんなものなの……？

そう思った瞬間、さっきまでの熱がすーっと冷めていくようだった。城ノ内翔のクールな態度で、私はようやく冷静さを取り戻す。

席についた編集長は、その後、どんどん打ち合わせを進めていった。

「取材許可をいただけて、本当に嬉しかったです。ありがとうございました」

「いやいや、新井さんには以前、お世話になりましたからね」

貝塚社長の言葉から推測すると、二人は前からの知り合いのようだ。新井編集長がファッション雑誌『ジュリー』の副編集長をやっていた頃の話かもしれない。

いずれにしても、これほどビッグな芸能人を前にしてもまったく物怖《ものお》じしない編集長が、私にはとてもカッコよく見えた。

ダイヤプロモーションの社長は編集長との挨拶《あいさつ》を終えると、さっそくこう切り出した。

「ご存じかとは思いますが、城ノ内は来年、海外への進出を控えています。そこで経済雑誌の『ウーマン・ビジネス』さんにご掲載いただくことで、知的なイメージのアップを図りたいと考えておりまして――」

「はい、ぜひご協力させてください」

「それによってCM契約等で企業様からのご協力が増えれば、これほどありがたいことはありません……」

しかしそのとき、いきなり城ノ内翔が発言した。

「果たしてそんな茶番が、俺の海外進出に、本当にプラスになるのでしょうか」

「え……」

クールな彼の意見に、さすがの編集長も息を呑む。

「おい、翔！」

社長が素早く彼を窘《たしな》めた。

部外者の私から見ても、城ノ内翔と所属事務所との間には、営業戦略に関してなんらかの相違があるようだ。

「すべては城ノ内さんに、海外へ行ってもらうためなんですよ！」

マネージャーの竹田さんが、彼を説《と》き伏せようとする。

「見せかけだけ整えても、中身がなければ意味はない」

「中身も十分、あるじゃないですか！　城ノ内さんほどの実力で、いったいなにを心配してるんです？」

「心配しているわけじゃない。ただ実力は演技で示すものだろう。それ以外の面でなにかをアピールするつもりなんてない」

城ノ内翔の言っていることは、間違ってない気はするけど——それではうちの密着取材が、必要ないということになってしまう。

トップスターの突然の発言に、私たち編集よりも、社長とマネージャーのほうが慌《あわ》てているようだ。

「申し訳ありません、新井さん。城ノ内は仕事に熱心過ぎるところがありましてね。なんでも真面目に捉《とら》えてしまうんです。決して取材に対して、どうこう思っているわけでは……」

「わかります。素晴らしいお考えですもの、城ノ内さん」

新井編集長は、にっこりと笑って言う。

「やはりトップクラスの俳優さんは、こだわりが違いますね。世の中の女性たちが、夢中になるはずですわ。だからこそぜひ、その価値観についても取材でお聞かせいただきたいです」

「ご理解いただいて、恐縮です……」

貝塚社長は頭を下げ、素早く話題を変える。

「密着取材は、十日間でしたよね？」

「あ、はい。少し長くなりますが、城ノ内さんの魅力を読者に伝えるため、ぜひともご協力をお願いできればと……」

「もちろんですよ」

「今回の密着取材は、我が編集部のホープ、木下が担当させていただきますので」

編集長は萎縮《いしゅく》していた私の背中をぽんと叩いた。私は慌《あわ》てて椅子から立ち上がり、深々と頭を下げる。

「よろしくお願いいたします」

「十日間もご一緒させていただくわけですから、雑用でもなんでも、この木下にお申し付けください。きっとお役に立つと思います」

「一生懸命頑張ります」

編集長の大げさな言葉に、私はそう言うしかなかった——

城ノ内翔への密着取材特集は、二週間に一度発行される『ウーマン・ビジネス』で六回に渡って掲載される予定だ。

顔合わせは終了したものの——この仕事にあまり積極的だとは思えない城ノ内翔のことがいつまでも気になっていた。

電車の中吊《なかづ》り広告では、あんなに優しく微笑んでいたのに……

城ノ内翔は、どこか理屈っぽいように見えた。

取材の際、筋が通らないことや納得できないことがあれば、とことん追及してくるのではないだろうか。

はあ……

マイナス方向に想像を広げてしまった私は、明日から始まる十日間に大きな溜息をついた。

だけど、ひとりでぐだぐだ悩んでいても、解決できることなどない。まさか今さら尻尾《しっぽ》を巻いて逃げるわけにもいかないし——

憧れの新井編集長が、他の誰でもなく、私を選んでくれたのだ。

もう、頑張るしか……。私は城ノ内翔に、全力でぶつかる覚悟を決めた。

2

編集長と一緒にダイヤプロモーションへ挨拶《あいさつ》に行った翌日から、人気俳優、城ノ内翔の密着取材は始まった。

不安はあるものの、『ウーマン・ビジネス』編集部の未来がかかった仕事だ。未熟な私を抜擢《ばってき》してくれた編集長の期待に応《こた》えるためにも、なんとか成果を残したい。

だけど思っていた以上に、取材は上手く行かなかった。というのも、予想通り取材対象である城ノ内さんの協力がまったく得られなかったからだ。

取材初日の今日は、情報番組への出演を終えた城ノ内さんたちと、世田谷《せたがや》にあるテレビ局の撮影スタジオで落ち合うことになっていた。

人気俳優、城ノ内翔は、とても忙しい。連続ドラマを撮影している間にも、宣伝のためのテレビ出演や雑誌の取材、ＣＭ撮影や新たな作品の打ち合わせなど、スケジュールがぎっしりと詰まっている。そして、そのわずかな合間に台本を覚えなくてはならない。

そんな彼を待たせることなんてできない。私は時間に遅れないように、家を出た。スタジオの最寄り駅まで電車で行き、そこからは徒歩で向かう。

だけど駅からスタジオまで地図を見ながら歩いているうちに、私は住宅街で道に迷ってしまった。厄介《やっかい》なことに雨まで降ってくる。

幸い折り畳み傘を持っていたので、雨宿りをせずにそのまま向かうことはできたが、激しくなっていく雨の中を二十分以上歩いたため、スタジオに辿り着いたときには、服やバッグ、履いていたパンプスまで、びしょ濡《ぬ》れになっていた。

「遅くなりました」

それでもなんとか約束していた時間には間に合ったので、ホッと息をつく。すでに収録を終えた城ノ内さんたちは、正面玄関に停めてあるワンボックスカーで私を待っていた。マネージャーの竹田さんが運転席から声をかけてくれる。

「どうぞ、乗ってください」

「でも……」

全身ずぶ濡れなこともあり躊躇《ちゅうちょ》していると、竹田さんはわざわざ運転席から降りて、後部座席のドアを開けてくれた。

「すみません、私、雨に濡れてしまって……」

このまま乗っては、車のシートを濡らしてしまう。そんな心配が頭をよぎった私は、申し訳なくてそう言った。

「全然構いませんから。さあ、どうぞ」

竹田さんは、なおもすすめてくれる。

「では、失礼します……」

私は革のシートが汚れないようにと、細心の注意を払った。しかし、後ろに座っていた城ノ内さんは、うっとうしそうに溜息をつく。

「すみません……本当にすみません」

私は何度も謝った。

「傘は持っていたのですが、雨が強くて……本当に申し訳ないです」

すると運転席の竹田さんが、

「よかったらこれ、使ってください」

と、助手席に置いてあったスポーツバッグの中からタオルを出し、手渡してくれる。

「すみません……ありがとう、ございます……」

はあ……

ひどい格好で車に乗り込んだうえに、タオルまでお借りしてしまった。おまけにもたもたしていたから、出発が少し遅れてしまったようだ。

城ノ内さんの機嫌を、損ねてなければいいけど……

そうして車は発進したが、城ノ内さんは私の存在を無視するように、黙って窓の外を眺めている。

やはり彼を怒らせてしまったのだろうか。密着取材の初日から、なんという失態……

どうしてバスの路線を調べておくなり、タクシーに乗るなりしなかったのだろうか。

それでも私は失いかけていた元気をなんとか奮《ふる》い起こし、明るく城ノ内さんに話しかけた。

「今日は突然、降ってきましたね」

「……」

「ずいぶんお待たせしてしまい、申し訳ありませんでした。今日のスタジオでのお仕事は、いかがでしたか？」

「……」

しかし彼はなにも答えてくれない。ただ無視し続けるだけだ。まるで私が透明人間、いや、幽霊《ゆうれい》であるかのように。

そのうち、こちらからの問いかけがよほど邪魔だったのか、城ノ内さんは耳にイヤホンを差し込んだ。

「なにを聴いていらっしゃるのですか？」

「……」

「お好きな音楽のジャンルはなんですか？」

「……」

「ご自身でも楽器など、演奏されるのですか？」

「……」

なにを問いかけても、城ノ内さんが答えることはなかった。どうやら私は、完全に嫌われてしまったらしい。

彼がこの密着取材に積極的でないことは、知っていた。それでも懸命にぶつかれば、なんとか話が聞けるのではないかと思っていた。

でもそんな考えは、甘かったようだ――

私が城ノ内さんの態度に困り果てていると、運転中の竹田さんも気になったのか、

「城ノ内さん、なんとか言ってあげてくださいよ。このままじゃ、僕が社長から叱られるじゃないですか」

と、助け舟を出してくれた。しかし城ノ内さんはクールに言う。

「俺はこんな仕事、引き受けた覚えはない」

「そんなこと、今さら……」

「おまえから、社長にそう報告しておけ」

「城ノ内さん！」

「……」

もしかして私が、闇雲《やみくも》に質問を投げかけたせいで、余計に嫌になってしまったのだろうか――

「お疲れのところ、いろいろと余計なことをうかがってしまい、すみません……」

私が反省してそう言うと、今度は、城ノ内さんは腕組みをしたまま目を閉じた。

「寝る」

少しでも取材を進めたくて、焦ったのがよくなかったのかもしれない。

ふう……

私は小さく息を吐いた。このままでは城ノ内翔の魅力を伝えるどころか、ひと言のコメントももらえそうにない。

そんな私の様子を心配してくれたのか、マネージャーの竹田さんは、

「すみません、木下さん。僕でわかることなら、なんでも聞いてくださいね。いくらでもお話ししますから」

と、親切に言ってくれた。だけど、城ノ内さん本人から話を聞くことができなければ、密着取材の意味はない。

私はただただ、途方に暮れるしかなかった。

＊＊＊

なんの成果も得られないまま、三日が過ぎた。このままでは『ウーマン・ビジネス』の命運をかけたビッグな企画は、失敗に終わってしまう。そうなれば、私だけの責任ではすまされない。抜擢《ばってき》

してくれた編集長にまで迷惑をかけてしまうだろう。

城ノ内さんは、私以外の人とはふつうに会話をする。つまり、話してもらえないのは私だけ。初日の印象が悪かったのだろうか。それとも、密着取材自体に気が進まないのか。

悩みに悩んだ私は、新井編集長に電話で相談した。このままでは大変なことになると思ったからだ。

「編集長、本当にこのまま、取材を続けさせてもらってもいいのでしょうか」

私は切り出した。

『どうして？』

「今日も城ノ内さん、なにも話してくれなくて。このままでは結局、話を聞けないまま、取材期間が終わってしまいそうで……」

私は毎日、編集長に取材の進み具合を電話で報告していたので、抱えている問題の大半は説明しなくともわかってくれているはずだ。

「私ではなくて、どなたかと交代したほうが。もうあと一週間しか、時間がありませんし」

『困ったわね……』

新井編集長も溜息まじりに呟《つぶや》いた。が、すぐさま、

『でも、木下さん。あなたって、そんなに簡単に諦める人だった？』

と優しい声で問いかけてくる。

『城ノ内翔の心を開くために、見落としていることはなにかないの？』

「見落としていること、ですか？」

『どうしたら彼が話をしたくなるか、考えてみたことはある？』

「それは……」

すんなり密着取材の交代を言い渡されると思っていたのに、編集長は意外にもこんな言葉を続けた。

『まずは、相手の気持ちになってみることね』

「……はい」

『探せばきっと見つかるはずだわ。城ノ内翔が思わず話したくなるような話題が』

「そういえば……」

編集長と話をするうちに、思い出したことがあった。城ノ内さんは私に対してだけは、いっこうに口を開こうとはしないが、ファンには親切で優しい。

声をかけられたときには笑顔で手を振り、返事をすることも。時間があるときにはサインにも応じる。無断で写真を撮られても、文句ひとつ言わない。

『なにか、浮かんだ？』

「あ、はい。城ノ内さん、ファンの人にはとても優しくて……」

『それよ、それ』

「えっ？」

『どうしてファンに優しいのか、考えてみて』

編集長は諭《さと》すように言った。

「自分のことを、応援してくれるから？　好きだと思ってくれるから？」

『そうよ、その通り。人って自分を好きだと思ってくれる相手には、決して厳しくできないものよ』

「そうですね……」

『だから木下さんも、彼のファンになってみてはどう？』

「ファン、ですか？」

『気持ちを掴むには、その方法が一番のはず。あなた、城ノ内翔の作品を全部借りて観たんでしょ？』

「はい」

『なにか感じたことは、なかったの？』

「……」

確かに私は彼の作品をすべて観た。どの作品も演技に対する彼のこだわりが細部にまで感じられ、自然と画面の中に引き込まれるものだった。

役作りのために体重を二週間で十キロも落として臨《のぞ》んだという映画もあり、城ノ内翔の作品への強い思いが伝わってくる。

城ノ内さんのファンたちは、そんな彼の真摯《しんし》な演技に魅了されているのだ。外見だけではなく、役者としての彼の内面の虜《とりこ》になっているに違いない。

「ありがとうございます、編集長。その線でもう一度、食らいついてみます！」

『頼んだわよ、木下さん』

「はい」

そう返事して電話を切った。自信を失くしていた私に、編集長は素晴らしいヒントをくれた。

よし！

全身にはふたたび、力が漲《みなぎ》っていた。

＊＊＊

一流のファッション雑誌の撮影風景は、やっぱり違うな……

城ノ内翔の密着取材四日目となった今日は、人気ファッション雑誌のスチール撮りから始まっていた。

うちの編集部ではこれまで使ったことのないような大きなスタジオに、有名カメラマン。そんな完璧な舞台で、城ノ内さんは次々と表情や動きを変えていく。

ダンガリーシャツにベージュのチノパンというカジュアルな装いだったが、トップスター城ノ内翔が身に付けるとものすごくカッコいい。

しかし私はといえば、昨夜の編集長との電話で決意を新たにしたというのに、まだなんの成果も得られていなかった。

彼の心を開くための作戦をあれこれ考えてはきたが、いざ城ノ内さんを目の前にすると、妙に気持ちが萎縮《いしゅく》してしまう。

情けないことに今も、マネージャーの竹田さんと一緒に、ただスタジオの隅から彼の撮影を見守っているだけだ。

「竹田さんは城ノ内さんのマネージャーになられてから、もう長いんですか？」

「まだ一年ぐらいです。以前は女優の永澤真美《ながさわまみ》を担当していたんですが、彼女、結婚後はしばらく休養することになって」

そう言う竹田さんも、薬指にリングがあるところを見ると、すでに結婚しているようだ。小柄で物静かで、どこまでもタレントさんを大事にしている彼。

「大変なお仕事ですよね」

「僕ですか？」

「ええ」

ふと、そんな言葉が口をついて出た。家庭があるのに、時間が不規則な仕事は大変だろうな、と思ったからだ。しかし、城ノ内さんと私のやりとりのすべてを知っている竹田さんは、別の勘繰りをしてしまったらしい。

「いい人ですよ、城ノ内さんは」

「え……」

「ちょっと、マスコミ嫌いなところはありますが」

「マスコミ嫌い、ですか?」

「意外と融通が利かないといいますか。これまで、あることないこと書かれてきたからということもあるんでしょうね」

「はあ」

「だから、木下さんのことも警戒してるんだと思います」

「……」

これまで城ノ内さんが取材に応じてくれないのは、彼の性格が気難しく、対応の下手な私のことを嫌っているからだと考えていた。でももし竹田さんが言うように、城ノ内さんが私をマスコミの人間として警戒しているためなら、先は見えてくる。

昨夜、編集長から教えられたように、彼の味方、ファンだという気持ちで接すれば、なにか変化が訪れるかもしれない。

に、しても……

どうして城ノ内さんは、そんなにマスコミが嫌いなのだろう。竹田さんは、あることないこと書かれてきたからと言うけれど。

「あの、竹田さん……」

そのあたりを詳しく尋ねようとしたとき——竹田さんの携帯が鳴った。

「あ、はい、竹田です……そうですが……」

竹田さんは、私をスタジオの隅に残したまま、スタスタと外に出ていく。

そ、そ、そして——

最悪のタイミングで、撮影が休憩に入ってしまった。城ノ内さんがゆっくりと、こちらにやってくるではないか。

ど、どうしよう。怖い……

私の全身を緊張が駆け抜けた。『まずは彼のファンになる!』という意気込みさえも、砕け散ってしまいそうだ。

どこから見ても眩《まぶ》しいオーラを放つトップスターは、スタジオの隅に置いてある彼専用の肘掛け椅子に腰かけ、長い脚をゆったりと組む。そして側に置いてあったペットボトルを手に取り、お茶を口に含んだ。

「お疲れ様でした。竹田さんは、あの……電話がかかってきたので……」

「……」

「私でよければ、なにかその、お手伝いを……」

「……」

頑張って話しかけてみたものの、いつも通りの反応で、彼が答えることはなかった。彼は少し前かがみになり、スタジオのあちこちに目をやりながら、スタッフたちの動きをクールに眺めている。

やっぱり……

実は城ノ内さんのファンなんです！　と、いきなり打ち明けてみようか——

いや、それではあまりにも唐突《とうとつ》だ。かえって心証《しんしょう》を悪くする恐れがある。

だったら……？

私はなんとか取材を進めたくてあれこれ考えてみたが、なにひとつ実行できなかった。ただ自分ひとりで空回りしてるだけだ。

その場を取りつくろったようなこんな態度では、頭のいい城ノ内さんに見透かされてしまう。

だからといって、このままでは……

私はできる限りの勇気をふりしぼろうとしたが、圧倒的な存在感を持つ彼を前にして、ただオロオロすることしかできなかった。

——すると、そのとき。

どこか女性っぽい雰囲気の男性が、城ノ内さんに話しかけた。

「あーら、翔ちゃん。新しいマネージャーさん？」

「いや、雑誌の取材」

城ノ内さんは、ややつっけんどんに返答した。するとその人は、私に向かって聞いてくる。

「どちらの方？」

私は慌《あわ》てて名刺を差し出した。

「ウィークリー経済社、『ウーマン・ビジネス』編集部の木下と申します。どうぞよろしくお願いいたします」

「木下、亮子さん？」

「はい」

その人は私の名刺を受け取ると、まるで値踏みでもするかのように、上から下まで私に目を走らせる。

「ビジネス雑誌の取材だなんて、珍しいわねぇ」

「はい。このたび、城ノ内さんに十日間密着させていただくことになりまして」

「みみ、密着？　翔ちゃんに!?」

「はい」

「女が!?」

「え……」

もしかしたらこの人は、城ノ内さんが好きなのかもしれない。女の私が密着することを、快《こころよ》く思ってないようだ。

だけどその男性は、すぐに気を取り直したように言った。

「そんなに気にすることもなさそうね。ボディラインのほうは、かなり控えめな感じだし」

失礼な発言だとは思ったけれど、下手に目をつけられなくてよかったと胸を撫《な》で下ろす。その人は、今度は親しげに話しかけてきた。

「ところであなた、インタビュアーとして、なにか勉強はしてきたの？」

「べ、勉強ですか？」

「そうよ」

「い、いえ……とくには」

「とくには!?」

「……あ、はい」

「ちょっと、木下亮子さん。翔ちゃんはこの世界では、トップクラスの人なのよ。そんないい加減な取材姿勢じゃダメよ！」

「すみま、せん……」

「手にはペンも持ってないし。本当にあなた、大丈夫なの？」

「そ、それは……」

私の脳裏には、城ノ内さんの取材がまったくできてないという事実が浮かんだ。無能な自分が責められている気がする。

「申し訳ありません。これから気を付けます……」

私はなぜか、初めて会ったこの人に謝っていた。

するとどういうわけか、ちらりと私のほうに目をやった城ノ内さんが、いきなり会話に口を挟んでくる。

「あまりいじめないでくれよ、カズさん」

「別に、いじめてるわけじゃ」

「彼女、これでも頑張ってるんだ」

「やだ、翔ちゃん。私の前で、他の女の肩を持つなんて……」

この人の名前は、カズさんと言うらしい……

そ、そんなことより——聞き間違いでなければ、城ノ内さんが私のことを庇《かば》ってくれている。しかも頑張っているとまで!?

これまで、どんなときにも私を無視し続けてきた城ノ内さんが、初めて存在を認めてくれている。

こんなに嬉しいことはなかった。

私の心は喜びでざわめき立つ。

城ノ内さんから叱られたカズさんは、ぷうっと頬を膨らませておどけたように言った。

「やあだ、もう。翔ちゃんのい、じ、わるぅ」

それからカズさんは、身に付けていたエプロンの大きなポケットからパウダーパフを取り出した。そして城ノ内さんの顔に押し当てるようにメイクを直していく。

どうやらこの人は、メイクさんのようだ。

カズさんは職業柄なのか、とても会話上手。城ノ内さんを退屈させることなくメイクを直し、笑いを交えて軽快にトークを進めていった。

「そういえば翔ちゃん、今日の衣装って……ほら、あのときの映画の、例のシーンに出てきたのに似てない？」

「ん？」

「だから、ほら、あれよ……やだ、私ったら、もうボケがきちゃったのかしら。北海道でロケした……」

カズさんは身振り手振りを交えながら城ノ内さんに説明するが、その映画のタイトルを思い出しそうな気配はない。

私はこの二人の会話に割り込んでいいものかどうかずいぶん悩んだが、カズさんがあまりにもじれったそうにしていたので、ついつい口を挟んでしまった。

「もしかして……『我がままな自由たち』、ですか？」

「そう、それよ。『我がままな自由たち』。あのときの学生食堂のシーンで着た衣装に、似てると思わない？」

カズさんが言うと、城ノ内さんは、

「まあ、確かに」

と、自分の衣装に目をやる。

「翔ちゃんはホント、なんでも着こなせちゃうわね。ビジネススーツからカジュアルまで。合わないものがないくらい。アパレルからのＣＭのオファーだって、山のように来てるんじゃないの？」

「まさか」

カズさんは城ノ内さんをどこまでも持ち上げ続けた。それにはさすがの彼も嬉しいのか、照れたような笑みをこぼす。

そんな城ノ内さんをにこにこ見ていたカズさんは、いきなり私のほうへと視線を移した。

「にしても、あなた……よく知ってたわよね、そんなマニアックな翔ちゃんの映画」

「城ノ内さんの作品は、だいたい観させていただきましたから」

「もしかしてファンなの？　翔ちゃんの？」

「……あ、はい」

私は言いたかったことをズバリ聞かれ、思わずそう返事をする。

「じゃあ、このお仕事、美味《おい》しくて堪《たま》らないでしょ？」

「美味し、い……？」

「つまり、嬉しいってこと」

「はい、もちろんです」

するとカズさんは、なぜか私に対抗するようにクイズを出し始めた。

「んー、だったら……翔ちゃんのデビュー作の映画のタイトルは？」

「『ストロベリーラバーズ』です」

「監督は？」

「松本祐二《まつもとゆうじ》、監督？」

「ラストはどうなるのかしら？」

「城ノ内さんが恋人の死を乗り越えて、また日常生活に戻っていくのですが……」

「なかなかやるじゃない」

カズさんは褒《ほ》めてくれる。

「あっ、でも」

私は気になっていたことを付け加えた。

「本当は日常に戻ったわけじゃなくて、時間が止まっていたんだと思います」

「どういうこと？」

「愛用していたスニーカーを履かなかったり、いつも立ち寄っていたコーヒーショップを素通りしたり。そんなシーンを見ていたら、主人公の中で時が動いていないように見えて……」

「そう、だった？」

「はい、エンディングで……」

私の言葉に、カズさんは首を傾げる。そのとき、城ノ内さんが口を開いた。

「その通りだ」

私は驚いて、彼の顔を見つめる。

「『ストロベリーラバーズ』には、今彼女が言ったような、別の解釈が含まれている」

「あら、そうなの？」

「ああ」

カズさんは少し悔しそうにしながらも、私に言った。

「なかなかやるじゃない、木下亮子さん。合格よ。ね、翔ちゃん」

緊張で身体が強張《こわば》った。城ノ内さんが、そうだと言ってくれるはずがないから。

しかし――彼は初めて私に視線を移し、

「いい着眼点《ちゃくがんてん》してるよ、出版社の人」

と、褒《ほ》めてくれた。

「ありがとうございます！　ありがとうございます！」

夢を見ているような気がした。あの城ノ内さんが、私を褒めてくれたばかりか、素敵な笑みまで向けてくれるなんて。

「あ、あの……」

私は瞬時に、その笑顔に惹《ひ》き込まれてしまった。心臓がどきどきと大きな音で鳴っている。

彼がどこまでもカッコよく見えた――

「はい、これでいいわ」

カズさんは、城ノ内さんのメイク直しを終えたらしい。

「城ノ内さん、お願いします」

そのタイミングで、カメラマンの助手さんから、後半の撮影開始の声がかかった。

立ち上がった城ノ内さんは、飲み終わったペットボトルを私に差し出す。

「え……」

「雑用もやるとか、言ってたよな。これ、捨てといて」

「は、はい。もちろんです」

彼はただ近くにいた私に、ペットボトルを渡しただけなのに――それでも飛び上がりたくなるほど嬉しかった。

「ありがとうございます、城ノ内さん！　後半の撮影も頑張ってください！」

あまりにも大袈裟《おおげさ》に声をかけたせいか、城ノ内さんはハンサムな顔で苦笑する。

彼はスタイリストさんから差し出されたジャケットを受け取り、後半の撮影が始まった。

しばらくすると、電話を終えた竹田さんが戻ってきた。

「竹田さん、竹田さん、聞いてください」

私は思わず彼の名前を連呼した。

「今、城ノ内さんが、私に話しかけてくださったんです」

「ホントですか？」

「ペットボトルまで、渡してくれて」

たった今、城ノ内さんから受け取ったばかりのペットボトルを誇らしげに見せる。

「やりましたね、木下さん！」

「はい！」

私は、幽霊《ゆうれい》から人間にやっと昇格できた気分だった――

＊＊＊

――密着取材五日目。

本日の城ノ内さんには、雑誌の取材が三本と、以前に撮影したウイスキーのＣＭの音声録りが入っていた。スタジオから取材現場のホテルのスイートルーム、そしてまた別のスタジオへと、分刻みで移動する。

それでも若いアイドルに比べると休日もあるし、さほど仕事は詰め込まれていないという。新人の売れっ子芸能人は、いったいどれほど忙しい日常を送っているのか。私はただただ感心するばかりだ。

また、どこへ行っても、追っかけと呼ばれる城ノ内さんのファンに遭遇《そうぐう》した。九割が女性だが、驚くことに中には男性の姿もあった。

どこでどんなふうに、彼のスケジュールを調べ上げているんだろう――

「きゃーっ、翔さーん！」

「素敵ーっ！」

今日もファンたちは、城ノ内さんが乗っているワンボックスカーを見つけ出して、黄色い歓声を上げた。彼が車から降りると、ものすごいスピードで取り囲む。

けれど、城ノ内さんは嫌な顔ひとつせず、時間の許す限り、差し出された色紙にサインをし、笑顔でプレゼントを受け取り握手をする。無断で写真を撮られても、決して文句を言わない。彼はとてもファンを大切にしていた。

おそらくこんなところにも、トップスター城ノ内翔の人気の秘密が隠されているのだろう。

そして、ファンたちに優しく接する城ノ内さんを見ていたら、なぜか私まで温かな気持ちになった。

昨日、撮影スタジオで初めて声をかけてくれてから、城ノ内さんは少しずつ私と話をしてくれるようになった。

本日最後のスケジュール、ＣＭの音声収録スタジオでも、マネージャーの竹田さんが電話で席を外したすきに、

「俺の作品で、なにが一番おもしろかった？」

などといきなり聞いてくる。

「全部おもしろかったですよ。どれも惹《ひ》き込まれてしまって……一番ですか？　とても決められません。いくつも頭に浮かんでしまって」

「なんだよ、それ」

城ノ内さんは苦笑した。

「だったら聞き方を変えよう。一番好きな作品は？」

「そうですね……」

こんなふうに会話が成立していて、とても嬉しい。ただ取材する立場の私が、逆に質問されているという、ちょっと変な構図だけど。

「やっぱり……『レンアイ教室』でしょうか」

「『レンアイ教室』、ね」

城ノ内さんは少し驚いたように目を見張った。

「あ、す、すみません。私……」

昭和初期の時代設定で作られた『レンアイ教室』。お金のために好きでもない相手と結婚しなくてはならないヒロイン夕子《ゆうこ》のため、城ノ内さん扮《ふん》する満男《みつお》が、親から受け継いだ財産のすべてをなげうって彼女を支えようとする話だ。

私は記憶を辿って、原作も好きなこのマニアックな映画のタイトルをあげたのだが、考えてみたら、この映画の主演は彼ではなかった。

ただ城ノ内さんの狂気に満ちた役のイメージが鮮烈《せんれつ》で、もっとも印象に残っているのだけど——主演でもない作品をあげるのは失礼だったかもしれない。

「ごめんなさい、だから、私……」

やっと話してもらえるようになったのに、なんという失敗だろうか。私は自分が情けなかった。

「どうしてだ？　どうして、そう思うんだ？」

すぐに謝ったが、城ノ内さんは私を問い詰めた。

「だ、だから……申し訳ありません！」

「俺は謝れとは言っていない。どうして『レンアイ教室』が、一番好きなのかと聞いているんだ」

彼の口調はとても鋭《するど》い。やはり彼を怒らせてしまったのだろうか。ようやくここまで漕《こ》ぎ着けたのに。今までの長い道のりを思い、全身から冷や汗が噴き出した。

「そ、それは……」

「ん？」

「夕子を疑ってしまいそうなシーンでも、満男が純粋に彼女を愛していたから、です……」

もう、正直に話すしかない。

「で？」

「あ、はい……」

まるで尋問のようだ。私はなにかの罪に問われている容疑者みたいに、必死にその映画を思い出し、答えていく。

「夕子の正体がわかったときの、城ノ内さんの視線が、なんというか……背筋まで、ゾクリとさせられるというか……」

結局、夕子は満男をお金のためだけに利用し、別の相手と結婚してしまう。自分が騙《だま》されたと知った満男は、その穏やかな人格を豹変《ひょうへん》させる。

「映画があまりにもよかったので、原作小説まで読んでしまったくらい、です……」

「そういう人は多いらしいな。実際に映画が公開されたあとに、ベストセラーになったようだから」

「……あ、はい」

話しているうちに、城ノ内さんの表情がどこかやわらかくなっていることに気が付いた。とても怒っているようには見えない。

「あの、城ノ内さん……？」

私は思わず、この映画の中で気になっていた疑問をぶつけてみた。

「満男の役作りですが……どんなふうにされたんですか？」

「いろいろやった、かな」

意外にも彼は、満足そうな表情でその質問に答え始める。

「たとえ、ば？」

「精神科医も訪ねたし、満男に感情移入ができるよう、しばらく誰とも口をきかなかった」

「そうなんですか⁉」

城ノ内さんは嬉しそうに微笑み、頷《うなず》いた。

「あとひとつ、どうしてもわからないことがあるのですが」

「わからないこと？」

「ラストの夕子の結婚式です。城ノ内さんは、なぜ大声で笑ったんですか？　原作では泣き叫ぶシーンなのに」

映画と原作小説とのこの違いが、私はずっと引っかかっていた。が、質問してすぐに後悔してしまった。私のようなド素人《しろうと》が、生意気なことを聞いてしまったのではないだろうかと――

しかし、彼は予想外の言葉を返してきた。

「おまえ、案外……女優に向いてるかも」

「女優、ですか……？」

「うん」

そして、城ノ内さんは、先ほどの質問への答えを返してくれた。

「実はそのシーン、俺がこの映画の中で一番こだわったところだ。監督とも何度も話し合って、試《し》行錯誤《こうさくご》で作り上げた」

「そう、だったんですね」

「人間、本当に悲しいときは、泣けないと思わないか？」

「あ……」

私は大失恋した大学二年の夏を思い出していた。あのときは大泣きしたが、よく考えてみれば、悲しくて泣いたのではなく、悔しくて泣いたのだ。

これまであまり考えたことはなかったが、確かに人間、本当に悲しいときは泣けないのかもしれない。泣く元気すら、残っていないような気がする。

「わかります、なんとなく……」

「だから、笑ったんだ」

「はい」

「親から受け継いだ家や財産だけでなく、満男は兄弟や友人まで、すべて失ってしまった。そんなふがいない自分が悲し過ぎて、笑うしかなかった」

深い……

私は彼の演技の裏側に潜む役への思いに、心から感動した。イケメン俳優といわれる城ノ内翔のお芝居は、とてつもなくリアルな心情から構成された、どこまでも高度なものらしい。

「役そのものになっているんですね」

「これがプロの仕事だ。観客に見せるんだから、いい加減な芝居はできない」

「だから感情移入しちゃうんでしょうね、きっと」

その言葉に、彼は穏やかな笑みを見せる。

「でも、どうしてそこまでストイックに役作りをされるのですか？」

「まあ、いろんなタイプの役者がいるけど、俺の場合は、役に自分の環境を近づけることでその人物の気持ちが理解できるんだ」

「だから囚人役のとき、二週間で十キロも減量を？」

「あれは話題になったけど、無理に減らしたわけじゃない。役に近づこうとしたら、食べられなくなった」

「すごい、です……」

演技の話になると、城ノ内さんの表情には熱いものが漲《みなぎ》った。人気を得たいとかお金を稼ぎたいとか、そういう次元で俳優という仕事をしているわけではないのだとはっきりわかる。

お芝居と本気で向き合い、どうしたら観客やテレビの前にいる視聴者たちにいい作品が提供できるのか、それだけを考え続けている本物の役者なのだ。

これほど演じることに夢中なこの人に、マスコミが根も葉もない噂話や仕事とは関係のないプライベートな質問をぶつけても、快《こころよ》く答えるわけがないだろう。

私は少しだけ、城ノ内翔がわかった気がした。

城ノ内さんは、ふっと息を漏《も》らして言った。

「『レンアイ教室』について、今までマスコミからそういう質問をされたことはなかったから、嬉しかったよ。役者としての俺に、注目してくれてるようで」

そして彼は極上の笑顔を私に向ける。

「え……」

真っ暗だった視界が、急に開けてくる。私はようやく彼に一歩近づけたようで、少し生き返った気分になった。

よかった……

そんなことがあった取材五日目の夜、城ノ内さんは私に気を許し始めてくれたのか、初めて食事に誘ってくれた。

なんとかこれで、彼の知られざる素顔に迫ることができるかもしれない。

＊＊＊

六本木にあるそのチャイニーズレストランは、芸能人たちがよく使うお店のようだった。モダンな店内の奥には音の漏れない個室がいくつか完備されている。なにより、店のスタッフが店内で知り得た情報を絶対に外部に漏らさないという信頼があるらしい。

確かにこういうお店なら、城ノ内さんのような有名人でも、ゆっくりとプライベートな食事が楽しめそうだ。

事前に竹田さんが予約をしてくれていたみたいで、すんなり席に案内される。

城ノ内さんからご馳走《ちそう》してもらえるなんて、本当に信じられなかった。なんといっても数日前までは、ロクに口もきいてもらえなかったのだから。

この機会に城ノ内翔の魅力を、探らなくては……

そんな決意で臨《のぞ》んだものの——小心者の私は、個室に入り中華料理の丸テーブルについた途端《とたん》、怖《お》じ気《け》付いてしまった。

あまりの近距離でのスターとの対面に、緊張が走り、彼の存在感に圧倒され、手まで震えてくる。

城ノ内さんは何度もこのお店を利用しているらしく、三人でシェアできる料理をいくつか頼んでくれた。

「乾杯！」

まずはビールを飲むことになり、僭越《せんえつ》ながら私は、城ノ内さんとグラスを合わせた。しかし、なぜか竹田さんはひとりでウーロン茶を飲んでいる。

「すみません、お酒をいただいてしまって」

「気にしないでください。今日は運転がなくても体調がいまいちなので、アルコールはやめておくつもりだったんです」

ほっそりした体格の竹田さんがそう言うと、城ノ内さんはいぶかしげな表情を浮かべた。

「もしかしてまたあいつ、なにかやったのか？」

「あ……ええ、まあ」

その後の二人の会話から、竹田さんが担当しているもうひとりの俳優さんに、トラブルが発生したのだとわかった。

「社長に報告しろ、自分だけで解決せずに」

「……はい」

竹田さんの顔色がよくないことから察すると、そのトラブルは想像以上に大変なのかもしれない。それなのに、私もいろいろと迷惑をかけてしまっているので、申し訳ない気持ちでいっぱいになる。

やがて大皿料理がいくつか運ばれてきた。真っ白なテーブルクロスのかかった中華の円卓が、鮮やかに彩《いろど》られていく。

「ここの北京ダック、なかなかいけるから。食べてみろよ、出版社の人も」

城ノ内さんがすすめてくれた。

「ありがとうございます。いただきます……」

話してもらえるようになったのはいいが、彼はずっと私のことを『出版社の人』と呼んでいる。『木下です』と訂正したいのはやまやまだったが、そんな高望みをしたら、城ノ内さんがまたかたくなになってしまうかもしれない。

ここは静かにしておこう……

やがてアルコールが入ると、城ノ内さんは少しずつ機嫌がよくなっていった。

そしていきなり、

「俺に聞きたいことは？」

と尋ねてくる。

「他にもあるんだろ？　取材したいことが」

「はい。ほれは、もう……」

ちょうど運ばれてきたばかりの、オマール海老《えび》のマヨネーズ和《あ》えを頬張っていた私は、慌てて答える。

呑気《のんき》に料理を堪能している場合ではない。城ノ内さんが取材させてくれるというのだ。

私は口の中のものを一気に呑み込んだ。そしてすぐに自分のバッグからボールペンとメモ帳を取り出し、さっそく質問をした。

「お休みのときですが、なにをされているんですか？」

「そうだな……」

いきなりプライベートな話題から入ってしまい、すぐに後悔したが、彼は意外にもすんなりと答えてくれる。

「ジムに行ったり、本を読んだりしてるかな。料理もするよ」

私は素早くメモ帳にペンを走らせる。

「運動は普段からよくされるんですか？」

「スケジュールが空けば、だけど。テニスをしたり、ゴルフに行ったり。スキューバダイビングもする」

「すごいですね」

「でも、いつもテニスやゴルフに行くのは無理だから、ジムに通ってるんだ。なんだかんだいって、俺の仕事は身体が資本だから」

「……では、次は本について。どんなジャンルを読まれるのですか？」

インタビューのノウハウさえも押さえていない、まとまりのない取材だったが、それでも城ノ内さんは嫌な顔をせずに付き合ってくれる。

「とくに決めてないかな。小説や戯曲も読むし、哲学書や評論、ビジネス書なんかも」

「幅広いですね」

さすがハーバード大学卒の俳優さんだ。常に様々な情報を取り込んでいるらしい。それは、素晴らしい演技を生み出すときにも役立っているのだろう。

「最後にお料理ですが……どんなものを作られるのですか？」

「和食とか、イタリアンが多いかな」

「本格的なんですね」

なにもかも完璧な城ノ内翔は、料理まで作れるらしい。

「作ったお料理は、どなたと召し上がるんですか？」

「自分で作って、ひとりで食べるのが基本だけど。ときにはスタッフや、以前共演して仲良くなった役者仲間を招いたりして、振る舞ったりもする」

「なるほど……」

——私はその役者仲間の中に、女性が含まれているのか気になってしまった。

恋人と噂される相田詩織さんは、城ノ内さんの家に来るのだろうか——

おそらくそれは、『ウーマン・ビジネス』の取材というより、私が個人的に気になっていることなのだ。

だけどまさか、この手のことをストレートに聞けるはずがない。交際相手の話など持ち出したら、ただちにこの場から退場を命じられるだろう。

なのに私は、思わず遠回しに質問してしまった。

「これは『ウーマン・ビジネス』の読者も、気になっていることだと思うのですが……」

「なに？」

「城ノ内さんは、どんなタイプの女性がお好きなんですか？」

この程度なら大丈夫、かな……

「好きなタイプか……そうだな……」

私はびくびくしていた。バカな質問をしてしまったと後悔する。しかし彼は意外にも、真剣に答えを導き出そうとしているようだった。

「やっぱり……好きになった女性がズバリ、タイプだろうな」

「具体的には？」

「……ない」

「な、ないんですか？　えっ？　あ、そ、そうですか……でも、それだと記事には……」

「じゃあ、書くな」

「え……」

唖然《あぜん》とする私を見て、城ノ内さんは悪戯《いたずら》っぽく微笑む。

もしかして、からかわれた……？

「……」

城ノ内さんの表情や仕草、言葉の端々《はしばし》に、気持ちを揺らしてしまう自分がいる。彼が微笑みを向けてくれるだけで、心臓はどきどきと高鳴った。

いったいなぜだろう……

私たちはそのあとも、映画やドラマの話題で盛り上がった。でも、マネージャーの竹田さんはやけに静かだ。彼はアルコールも飲んでないが、料理にもほとんど箸《はし》を付けていない。

「お食事が進まないようですが、大丈夫でしょうか？」

気になった私は竹田さんに聞いた。体調がよくないとはいえ、これほど食べないのは心配だ。

すると城ノ内さんも気になったのか、

「確かに食べてないな。昼が遅かったわけでもないんだろ？」

と、声をかける。

「今日は食欲が、なくて。とくに油っぽいものが、ちょっと……」

「なら早く言えよ」

城ノ内さんはふたたびメニューを広げる。

「どういうものなら、行けそうだ？　アワビ粥《がゆ》は？」

竹田さんは遠慮しているのか、それとも本当に食欲がないのか、作ったような笑顔で、城ノ内さんの厚意を辞退するだけだ。

「大丈夫ですから、ホントに」

そう言った竹田さんだったけれど、突然、お腹のあたりを押さえて苦しみ出した。

「ど、どうかされましたか？　竹田さん!?」

驚いた私は、大きな声で問いかけた。

「い、いや……なんでも……」

しかし、竹田さんの顔はすでに真っ青だ。

城ノ内さんは席を立ってすぐに駆け寄り、辛そうにうつむく彼の顔を覗き込んだ。

「どこか、痛むのか？」

「お、お腹が……ちょっと……」

両手で腹部を押さえた竹田さんは、顔から汗が噴き出していた。

「どんなふうに、痛いんだ？」

「ただ、痛くて……うっ」

「大丈夫か？」

竹田さんは、その問いかけにすら答えることができなかった。よほどお腹が痛むのか、歯を食いしばって顔を歪めている。

「もしかして、盲腸《もうちょう》じゃないですか？」

「盲腸？」

「お腹の少し右側を、押さえているみたいですから……」

「なら、病院だ。すぐに病院へ連れて行こう」

「救急車を呼びます」

私はスマホを手に取ったが、冷静な城ノ内さんはそれを阻んだ。

「救急車はまずい。騒ぎが大きくなると逆に動けなくなる」

「えっと、じゃあ……ど、どうしたら……？」

動揺する私を落ち着かせるように、城ノ内さんは言った。

「この近くに大きな病院があったはずだ。そこへ連れて行こう」

「じゃあ、お店の方に頼んで、タクシーを……」

「いや、このまま大通りまで出て拾ったほうが早い」

「でも……」

「俺が竹田を背負って行く」

「ええっ？」

サングラスをかけた城ノ内さんは、すぐに床に膝をついた。

「なにしてる、出版社の人。竹田を背中に乗せるのを手伝ってくれ」

「あ、はい」

痛みに苦しむ竹田さんの身体を支え、城ノ内さんの大きな背中になんとか乗せる。

「悪いが、荷物を持ってくれ」

「わかりました」

そして私たちが病院に向かおうとしたとき、お店の人が入ってきた。頼んでいた料理を運んできてくれたのだ。

竹田さんを背負った城ノ内さんは、すまなさそうに事情を説明する。するとお店の人は気をきかせて、裏口へ案内してくれた。

私たちは何度もお礼を言い、急いでチャイニーズレストランを出た。

サングラスをかけていても、人気俳優、城ノ内翔の存在感はものすごい。

だけどそんなことには構わず、竹田さんを背負った城ノ内さんと私は、急いで近くの大通りまでやってきた。

私が車道に出て、手を上げると、運よくすぐにタクシーが捕まる。

後部座席に城ノ内さんと竹田さん、助手席に私が乗り、近くにある救急病院まで急いで向かった。

途中で竹田さんは何度も呟《つぶや》いた。

「すみません、すみません……」

そんな彼を、城ノ内さんは励まし続ける。

「いいから、気にするな。もうすぐ病院だ、頑張れ」

痛みに耐える竹田さんが気になりながらも、私は懸命に彼を介抱する城ノ内さんの姿に小さな感動を覚えていた。彼のことを、気難しい人だと思ったこともあったけど、本当は優しくて思いやりの深い人なのだ。

タクシーは十分ほどで、救急病院に到着した。城ノ内さんの賢明な判断のおかげで、竹田さんは思ったより早く医師に診てもらえそうだ。

＊＊＊

竹田さんを救急外来へと運んだ城ノ内さんと私は、廊下にあるベンチに並んで座り、処置が終わるのを待っていた。

「大したことがなければ、いいのですが……」

「そうだな」

城ノ内さんを手伝って、チャイニーズレストランから病院までやってきた私は、彼に対して不思議な親近感を抱いていた。

だから城ノ内さんから、

「今日は助かった。もう帰ってくれていいよ」

とクールに言われたとき、妙な寂《さび》しさを感じてしまった。

「でも城ノ内さん、おひとりじゃ……」

彼を気遣う言葉を口にしたが、実のところ、私が帰りたくなかった。城ノ内さんの傍から、離れたくなかったのだ。

「大丈夫だ。竹田の診察結果が出たら、事務所にも連絡する。連絡がつけば社長も来るだろう。なにも心配することはない」

「……あ、はい」

ここまで言われたら、もう帰るしかなかった。私は静かに立ち上がる。

「お大事に……」

しかし、今にも脚を踏み出そうとしたとき——女性の看護師さんがやってきた。

「竹田さんの付き添いの方ですよね」

「はい」

城ノ内さんが答える。

「外来受診の手続きを受付のほうでお願いします」

「わかりました」

「今日、保険証はお持ちじゃないですよね？」

「ええ、まあ……」

しばらくそんなやりとりをしているうちに、看護師さんは彼が人気俳優の城ノ内翔だということに気付いてしまった。

「も、もしかして、あの……俳優の、城ノ内翔さんじゃ、ありませんか⁉」

「そう、ですが」

「きゃー、信じられない。私、ずっと前からファンだったんですぅ！　お会いできて嬉しいです。握手していただいてもいいですか⁉」

看護師さんは完全に公私混同していたが、城ノ内さんはそれでも快《こころよ》く握手に応じた。

「ありがとうございます！」

「いえ」

「でも、どうして城ノ内さんが、こちらに？」

「それは……」

「もしかして患者さんは、お身内の方ですか？」

「事務所の者です」

そうこう話しているうち、看護師さんは受付から呼ばれて戻っていった。だけどホッとしたのも束の間、隣のベンチに座っていた中年の女性が近寄ってくる。おそらく彼女も、同じく急患の付き添いだろう。

「やっぱり、やっぱりそうだ。城ノ内翔さんでしょ？　よく似てると思ってたのよねぇ。ところで翔さん、どこかお悪いの？」

「いえ、僕は」

やがて病院関係者や救急外来に来た人たちまでもが、城ノ内さんに気付き始めた。

「城ノ内翔が、ここにいるわよ！」

嬉しそうに手招きをし、家族を呼び寄せる人までいる。

このままでは騒ぎが大きくなってしまう。どうにかしなくては……

使命感に燃えた私は、今から帰ろうとしていたことも忘れ、城ノ内さんの前に立った。

「す、すみません！　知り合いが治療中ですので、お静かにお願いします！　病院に迷惑がかかりますから！」

私はとっさにマネージャーの真似事をしていた。それでもトップスター城ノ内翔を前にした人たちは、なかなかこの場から離れようとはしない。

「中にいる人も芸能人なの？」

「ち、違います」

「もしかして、城ノ内翔の恋人じゃないのか？」

「は？」

「誰？　教えてよ、お姉さん」

騒ぎはどんどん大きくなっていくばかり。城ノ内さんが竹田さんの外来受診の手続きをするために病院の受付へ行こうとしても、興奮した人たちが道を塞《ふさ》いでしまった。

「お静かに！　お願いします！　協力してください！」

私はなんとか城ノ内さんを取り囲む人たちを静めようとしたが、素人《しろうと》では、そう上手くはいかない。すると初めに城ノ内さんに気付いた看護師さんがふたたびやってきて、

「なにしてるんですか、ここは病院ですよ！　騒ぐなら、出ていってください！」

と、群がる人たちに厳しく注意した。

「ごめんなさい、私が騒いじゃったばかりに。こちらへどうぞ。待合室にご案内します。そこでご記入いただければ、大丈夫ですから」

そして彼女は私たちを、病棟にある応接室へと案内してくれた。

応接室は、緑の布製のソファーセットが置いてあるだけのシンプルな部屋だった。

城ノ内さんは事務所に電話をして確認を取りつつ、『外来患者の受付』という用紙に、竹田さんの名前や生年月日、住所などを書き込んで、自らそれを持っていこうとする。

「私が行きます」

私はすぐに立ち上がったが、城ノ内さんはそれを制した。

「いいから」

「でも、また誰かに見つかったら……」

「大丈夫、ここで待ってて」

彼はそう言うと、用紙を持って応接室を出ていった。

よくよく考えてみたら、竹田さんの個人情報が書かれた紙を、無関係の私に託《たく》せるはずなどない。

余計なことをしたのではないかと、私はまた軽く凹《へこ》んでいた。

竹田さん、大丈夫かな……

誰もいなくなった応接室で、私は大きな息を吐いた。もし竹田さんが手術でもすることになれば、明日からのマネージャーは、別の人に代わってしまうだろう。

竹田さんは城ノ内さんにとって大切なマネージャーのはずだし、ここまで城ノ内さんと話せるようになったのも、竹田さんのおかげだった。そう思うと、私は竹田さんの身を案じつつ、自分の取材の先行きが不安になった。

やがて城ノ内さんが戻ってくる。

「平気でしたか?」

「ああ」

「よかった」

「……これ」

彼は手に、缶コーヒーを二本持っていた。そのうちの一本を私に差し出してくれる。

「え……」

まさか私の分まで、買ってきてくれた……?

「わっ、す、すみません。おっしゃってくだされば、私が買ってきましたのに。ありがとう、ございます……」

気が利かない自分が情けない――

城ノ内さんは私の隣に無造作に座った。今にも腕と腕が触れ合いそうな近距離だ。しかもここは静かな密室。全身に緊張が走る。

竹田さんの病状がまだはっきりしないにもかかわらず、私は彼と二人きりのシチュエーションに、胸をどきどきと高鳴らせていた。

「し、心配ですね、竹田さん……」

「うん」

城ノ内さんは缶コーヒーを開けて口をつける。私も妙に喉が渇いてきたので、さっそくいただくことにした。

だけど爪を短く切り揃《そろ》えているせいか、どうしても缶のプルタブに爪が引っかからない。焦ると、ますます開けることができなかった。

私は仕方なく、バッグからペンを取り出す。それを使って、缶を開けようとしていると——城ノ内さんは自分が飲んでいたコーヒーを目の前のテーブルに置き、私から缶を奪い取った。

「……？」

「ったく、不器用だな……」

彼はそう言って、親切にも私の缶コーヒーを開けてくれる。

「あ、ありがとう、ございます……」

私はこの種の気遣いを、男性から受けたことがない。なんだか恥ずかしくて、頬が熱くなった。

「嫌いじゃないな」

「え……？」

「ちゃんと爪を切ってる女」

「……」

もしや、私の爪の話をしているの……？

「ロクに飯も炊けないだろ？　長い爪にいろいろ塗ったり、付けたりしてると」

「まあ」

「ファッションだから、仕方がないのかもしれないけど」

私は動揺する心を落ち着かせた。

「つまり城ノ内さんは、どちらかというと……派手な感じの女性よりも、お料理のできる家庭的な方がお好きなんですか？」

「なんだ、レストランの取材の続き？」

「あ、ええ……」

「そうだな」

私の胸はきゅんと鳴った。城ノ内さんは、私を好きなタイプだと言ったわけではない。それなのに、爪を切っている女性が嫌いじゃないという言葉に、どきどきしてしまう。

交際中だと噂の相田詩織さんは、彼に美味《おい》しい料理を作ってあげているのだろうか――

私は城ノ内さんの女性関係が、すごく気になった。

「どうかした？」

「いいえ、いただきます……」

私は彼に開けてもらった缶コーヒーに、静かに口を付けた。

鼻筋がすうっと綺麗に通っている、どこまでもイケメンな彼。口元には男の色気が漂っている。

隣で同じようにコーヒーを飲む城ノ内さんの顔を、横目でちらちらと見つめてしまった。

女優さんって、いいなあ……

これほどカッコいい男性と、仕事でキスができるのだから。彼の唇と自分の唇を合わせると、いったいどんな感触がするんだろう。

そう思った途端《とたん》に、私の心拍数は急上昇する。

って……な、なにエッチなこと、考えているのよ……！

「助かったよ」

「え……？」

城ノ内さんに話しかけられて、私は首を傾げる。

「だから、出版社の……」

「き、木下です」

「そう、木下さん。俺ひとりだったら、竹田を運べなかった」

「いえ、私はなにも……」

私は慌《あわ》てて下を向いた。

心臓はなおも、大きな音を立てている。彼に聞こえてしまいそうなほどだ。

もしかして、この、感じ……

私は自問自答した。

まさか城ノ内さんのことを、好きになってしまったんじゃ……？

自分の気持ちに気付いた私は、戸惑った。ここへは仕事で来ているのに。

公私混同は絶対によくないし、なにより彼に恋をしても、きっと未来はないだろう。

「帰ります！」

私はとっさに立ち上がった。

「あ、お疲れ様……」

城ノ内さんは少し驚いたような顔をしたが、すぐにいつものクールな表情になった。まったく引き止めてくれない城ノ内さんに、勝手ながらどこか寂《さび》しさを感じる。

私がなんとか、重い脚を動かそうとしたとき――

コンコン……

応接室のドアがノックされ、竹田さんを担当する医師が入ってきた。私は帰るタイミングを逃してしまい、もう一度ソファーに座り直した。

医師の説明によれば、竹田さんは盲腸ではなく、胃腸炎《いちょうえん》とのことだった。手術の必要はないが、このまま五日ほど入院することになるらしい。

まさに帰ろうとしていた私だが、すでに病室に移った竹田さんの顔を見ていくことになり——城ノ内さんと一緒に向かったのだ。


個室に入った竹田さんはベッドに横になり、点滴を受けていた。痛みはずいぶん治まったようだが、顔はまだ青白かった。

城ノ内さんと私が入ってきたのを見て、竹田さんは身体を起こそうとする。

「いいよ、そのままで。寝てろ」

城ノ内さんが声をかけた。

「すみません。木下さんにまで、迷惑をかけてしまって……」

私たちは、ベッドサイドにあったスチールの丸椅子に腰かける。そして城ノ内さんが、医師から聞いたことをそのまま伝えると、竹田さんは途端《とたん》に頭を抱えた。

「五日も、ですか？　あー、まいったなあ。明日からはドラマの撮影が続くというのに……」

「気にするな」

城ノ内さんはそう言ったが、

「ずいぶん痛みも取れたので、もう退院します」

と、竹田さんは本気で帰ろうとする。

「いいから、病人は病人らしく、大人しく寝てろ」

城ノ内さんは、そんな竹田さんの肩を無理やり押さえ付けた。

「心配するな、社長にも連絡した。もうすぐここに来るはずだ。数日のことだ、なんとでもなるだろ。あとで奥さんも、着替えを持ってきてくれる」

病室に入る前、城ノ内さんは事務所に電話をしていた。社長がすぐに来るらしい。

私もそのとき、新井編集長に連絡を入れた。竹田さんが入院する事態となり、密着取材がスムーズに行かなくなる恐れがあったからだ。

新井編集長も、これから病院にやってくるという。


事務所の貝塚社長に続き、編集長が病室に到着した。

そして竹田さんの入院について話しているうちに、マネージャー不在の間、城ノ内さんのスケジュールをどう回していくかという話し合いまで始まった。

「なんとかなるだろう、五日ぐらいなら」

城ノ内さんは簡単に言ったが、一番心配しているのは竹田さんだ。

「社長、誰か代わりに付けられませんか？『御曹司』の撮影中、城ノ内さんをひとりにするわけにはいきませんよ」

「そうだな、確かに翔ひとりじゃな。しかし……」

現在、新人俳優の育成に力を入れているダイヤプロモーションでは、マネージャーさんが足りない状況らしい。

「仕方ない、俺が入るとするか」

どうすることもできない事態に、貝塚社長が自ら城ノ内さんのマネージャーを引き受けるようだ。

「でも社長、明後日から中国に行くはずじゃ？」

竹田さんは指摘する。

「うん、まあ」

「ホントに俺、ひとりで大丈夫です」

「やっぱり僕が退院します」

竹田さんと城ノ内さんは互いに譲らず、話はなかなかまとまらなかった。

やがて貝塚社長は、病室の隅で並んで佇《たたず》んでいた編集長と私に、申し訳なさそうに言った。

「そういうわけなので、新井さん。今回の密着取材は、一旦中止ということに」

「わかりました……」

編集長としても、そう答えるしかないだろう。『ウーマン・ビジネス』の命運をかけた大きな企画だっただけに、こんなカタチで終わるのは残念だが、入院してしまった竹田さんを責めるわけにもいかない。

「また、城ノ内のスケジュールが調整でき次第、ご連絡します」

「よろしくお願いします」

竹田さんが身体を起こして頭を下げる。

「僕のせいで、本当にすみませんでした」

「お気になさらないでください。またご縁がありましたら、取材を再開させていただきたいと思いますので」

編集長は穏やかに微笑む。

「はい、もちろんです」

「ではどうぞ、お大事になさってください」

最後の挨拶《あいさつ》を終えた新井編集長は、私の背中を押して病室を出ようとした。そのとき、なぜか私は突然、虚《むな》しさに襲われた。

城ノ内さんへの取材が、ようやく上手く行きかけてきた矢先だった。人気俳優、城ノ内翔の素顔が、やっと見えてきたというのに。

これでもう、彼に会えなくなるかもしれない……

そう思った瞬間、なにかが私を駆り立てた。自分が出しゃばるべき場面でないことは、わかっている。しかし、このまま黙って城ノ内さんの密着取材を終わりにするわけにはいかない。

「い、嫌です！　やっぱり、私！」

足を止めて叫ぶように言うと、全員の視線が集まった。

「ど、どうしたの!?　木下さん?」

最初にそう反応したのは、編集長だ。

「で、ですから……ダメでしょうか、私では。とても竹田さんの代わりは務まりませんが、数日間、城ノ内さんに密着させていただいたんです。なにかのお手伝いぐらいは、できると思うんです!」

私のいきなりの訴えに、病室にいた全員が唖然《あぜん》とした。だからといって、ここで引き下がるわけにもいかない。

「そ、その……五日だけですし。マネージャーさんの仕事がわかっているかと言われれば、全然ですけど。あっ、でも私、運転免許は持っています。それと意外に力もあるので、荷物を持つくらいは……」

私はできる限り自己アピールをした。だけど場がしーんと静まりかえってしまい、奮《ふる》い立たせた勇気がそのまましぼんでいく。

「や、やっぱり……無理、ですよね……」

すると貝塚社長が、申し訳なさそうに言った。

「ええ、木下さん。お気持ちはありがたいのですが、マネージャーの仕事は、それほど簡単ではないんですよ。とくに城ノ内クラスのスターにつくには」

「い、いいえ……」

でしゃばった私は小さくなってうつむく。勢いとはいえ、おかしなことを言ってしまった。

「失礼しました。うちの木下が変なことを……」

編集長の言葉に続けて、私も頭を下げる。

「申し訳ありません、つい、私……」

「いやいや木下さん、ありがとう。どうか、気を悪くしないでくださいね」

社長が最後にそう言ってくれたので、少し救われた気がした。

「では、これで」

そして私と編集長が、病室を出ようとしたとき――

「いいんじゃないですか、木下さんで」

突然、背後から城ノ内さんの声が聞こえてくる。

「他に人もいないことだし、頼みましょうよ、木下さんに。本人がやると言ってくれてるんだから」

「城ノ内さん……」

私は心底驚いて振り返った。

「しかし、翔」

社長の躊躇《ためら》ったような声に、城ノ内さんはなおも続ける。

「竹田が戻るまでの間ですよ」

「本気なのか？」

「ええ」

社長の問いかけに、城ノ内さんは事も無げに答えた。

「それに彼女、なかなかよく勉強してきてますし。身の回りのことさえしてもらえれば、俺は別に」

私はその言葉に、感動した。

「ありがとう、ございます……」

城ノ内さんは、私のことを見ていてくれたのだ。これまでやってきたことは、決して無駄ではなかったらしい。

編集長は少し困惑していたみたいだが、気を取り直したように言った。

「厚かましいお願いですが、社長。なんとかうちの木下を使っていただけませんか。彼女なら、一生懸命やると思います」

「……わかりました、城ノ内がいいと言っておりますし。木下さんにお願いしましょう」

社長の言葉に、私は目を丸くする。

「ありがとうございます！　頑張ります！」

私は嬉しくて、何度も頭を下げた。

「その代わり、足、引っ張るなよ。ミスしたら即クビだからな。気を引き締めてやれ」

城ノ内さんはそう言うと、素敵な笑みを私に向けてくれる。

「はい」

よかった……

これでなんとか、『ウーマン・ビジネス』の命運をかけた密着取材が続行できる。

そして、あと少しだけ、城ノ内さんの傍に……

一時はどうなることかと心配したが、私は入院した竹田さんの代わりに、城ノ内さんのマネージャーの仕事をやらせてもらうことになった。

3

トップスター、城ノ内翔の密着取材をしながら、マネージャー業務も代行する――

きっと大変なことになるだろう。しかし、自分から申し出た仕事だ。城ノ内さんの足を引っ張るわけにはいかない。気を引き締めてやり抜かなくては。

竹田さんが病院で話していたように、今後三日間は、城ノ内さんが主演するドラマ『御曹司様が来た！』の撮影が入っている。

そのため私は、明日の朝、六本木のチャイニーズレストラン近くのコインパーキングに置きっ放しになっている、城ノ内さん専用のワンボックスカーを取りに行くこととなった。それから都内の一等地にある彼のマンションへ迎えに――

って……ええっ⁉

病院から自宅へ戻る電車内で、私は重大なミスに気が付いた。

鍵……そう、車の鍵が……ない……

病院で明日の予定と城ノ内さんのマンションの場所を確認した後、竹田さんからテレビ局へ入るための入構証《にゅうこうしょう》を受け取ったのだが、その際、肝心な車のキーの受け取りを忘れてしまったのだ。

鍵がなければ、明日の朝、城ノ内さんのマンションまで車で迎えに行くことなどできない。

ど、どうしよう……

私は血の気が引いていくのを感じた。

今から、病院に戻るしか……

そう思った私は、次の駅で電車を飛び降りた。

だけど腕時計を見ると、すでに二十二時半を回っている。病院の消灯時間はもう過ぎただろうし、今から戻ったとしても、中へ入れてもらえるとは思えない。

困ったな……

私はどうすればいいのかわからず、しばらくホームの真ん中で途方に暮れた。

密着取材を続行させるため、自らマネージャー代行の仕事を申し出た。なのに、初めからこんな失敗をしてしまうなんて……

こうなったらもう、城ノ内さんに連絡して指示を仰ぐしかない。私は意を決して、教えてもらったばかりの城ノ内さんの携帯の番号に電話をかけた。

――プルルル、プルルル、プルルル……

彼はなかなか出てくれない。

「もう、眠っちゃったかな……」

するとーー

『もしもし』

ようやく、電話の向こうから甘くてハスキーな声が聞こえてきた。

「もも、もしもし？　城ノ内さんですか？　き、木下です」

『うん』

慌《あわ》てふためく私とは対照的に、城ノ内さんはいつもどおり落ち着いていた。

『なんだ？』

「あ、はい、それが……実は、竹田さんから車の鍵をお預かりするのを忘れてしまって。明日、コインパーキングに行っても車を動かせません。今から病院に戻っても、中に入れてもらえるかどうか……す、すみません」

『そうか』

「朝だけ他の車で撮影スタジオに行くことはできないでしょうか。専用車の鍵は、撮影が終わったあとで私が病院に行って……」

そこまで口にすると、城ノ内さんはとくに私を責めもせず、あっさり言った。

『じゃあ、明日の朝七時半に、コインパーキングで』

「え……」

——プー、プー、プー……

すぐに電話は切られた。どういうことなのだろう？　車を動かせないと説明したのに、なぜ城ノ内さんはコインパーキングで、と言ったのかがわからない。

疑問に思いながらも、城ノ内さんがそう言うのならきっと大丈夫だと、無理矢理自分に言い聞かせた。

ひとまず安心したものの、今度は別の不安が襲ってくる。城ノ内さんはなぜ、私の不注意を叱りもせず、明日の朝具体的にどうするのかという説明もせずに、急いで電話を切ったのだろう。

もしかして、部屋には、例の相田詩織さんがいるとか……？

そんな想像をして、私は悶々《もんもん》としてしまった。

＊＊＊

——そして、翌日の朝。

密着取材六日目となる今日は、七時半に城ノ内さんと六本木のコインパーキングで待ち合わせ。城ノ内さんに迷惑をかけているのだから、絶対に時間に遅れることはできない。

私は時間に余裕を見て、自宅を朝の六時に出た。電車を乗り継いで、予定より早くコインパーキングに到着する。

ワンボックスカーの前で、これから行くテレビ局までの道順をスマホで再確認した。車にはカーナビがついているが、こうして事前にもう一度しっかり把握しておけばなお安心だ。

そうして待つこと数十分――

Ｔシャツにジーンズというラフな格好をした城ノ内さんが、約束通りコインパーキングに現れた。

彼は朝からサングラスをかけている。

「おはようございます。すみません、こんなことになってしまって」

「いや、いいよ」

「鍵はどうしましょうか。今から竹田さんの病院に行きますか？」

私が尋ねると、城ノ内さんは車に向かって手を伸ばし、あっという間に鍵を開けた。

「え……」

驚く私に、彼は手にしていた鍵を見せてタネ明かしをする。

「スペア・キー。こんなこともたまにあるから、俺も持っているんだ」

「そうだったん、ですか……」

私はホッとして大きく息を吐いた。

城ノ内さんは、ふがいない私に呆れたのか、自ら運転席に乗り込もうとする。

だけど、これ以上城ノ内さんに迷惑をかけるわけにはいかない。

「う、運転は私が！」

そう叫んだ私は、城ノ内さんを押しのけるようにして、ワンボックスカーの運転席に身体をすべり込ませた。

「大丈夫なのか？」

「もちろんです。地元では、よく運転していますから」

私はにこやかに答える。

城ノ内さんには後部座席に乗ってもらい、私は車のエンジンをかけた。

「今朝はご迷惑をおかけして、本当にすみませんでした。到着まで、ゆっくりお休みください」

後部座席の彼へ声をかける。

「それでは出発します」

「ああ」

これでもドライビング技術には少し自信があった。実家のある地方は、一家に一台ではなく、ひとりに一台自動車を所有している車大国だからだ。みんな、どこへ行くにも車で乗り付ける。

私も大学一年の夏休みに、実家近くの教習所で運転免許を取った。これまで東京で車に乗ったことはないが、免許証は日本全国共通だ。恐れることはない。こんなに大きなワンボックスカーのハンドルを握ったことはないものの、運転の仕方はどの車種でも同じはず。

なんでも最初からできないと尻込みする悪い癖はこの機会に封印し、一生懸命乗り切ろうと自分を奮《ふる》い立たせた。臨時だけど、今は私が人気俳優、城ノ内翔のマネージャーなのだ。

私は車のアクセルをそっと踏んだ。すると、重い車体がゆっくりと動き出す。

「う、動いた……」

城ノ内さんは、私が発したそのひと言に敏感に反応した。

「今、なんて言った？」

「いえ、べ、別に……」

実際にワンボックスカーを運転してみると、竹田さんのようにスムーズに動かすのは難しかった。運転席が高い位置にあるためか、すぐには感覚が掴めない。

とくにコインパークキングの前の道は狭く、角を曲がるにも、ハンドルの切り替えしが何度も必要だ。

「代われ、運転」

城ノ内さんが突然言った。

「どうして、ですか？」

「おまえに付き合ってたら、着くのが明日になる」

「大丈夫です」

「いいから」

「わかり、ました……」

私たちは同時に車から降りた。城ノ内さんは運転席に、私は助手席へと移動する。

城ノ内さんが運転を代わると、ワンボックスカーは細い道の角をなんなく曲がり、すぐに大きな通りを走り始めた。城ノ内さんは、そのまま車をテレビ局へと走らせる。

「すみま、せん……」

私は自己嫌悪に陥《おちい》った。マネージャーを代行すると偉そうに言っておきながら、満足に運転もできないなんて。しかも、これから大事な主演ドラマの撮影に臨《のぞ》む城ノ内さんに、ハンドルを握らせてしまっている。

「運転ができないならできないって、最初から言えよ」

彼は少し呆れたように言った。

「いえ、実家に帰ったときには、いつも乗ってるんです」

「実家はどこ？」

「群馬です。これでも優良ドライバーで……」

私の言葉をさえぎるように、彼は大きな溜息をついた。

「だったら、車の運転は群馬でだけすることだ」

「えっ？」

「おまえは東京で乗るなという意味」

「それでは、城ノ内さんを送迎できな……」

「返事は？」

「……は、はい」

城ノ内さんは、私が運転する車に二度と乗るつもりはないらしい。マネージャー代行である私が、城ノ内さんに運転させるなんて、許されるのだろうか……

そして、昨夜初めて『出版社の人』から『木下さん』と呼ばれるようになったのに、いつの間にか『おまえ』へと格下げになってしまった――

＊＊＊

テレビ局に到着すると、関係者以外は入れないはずの地下駐車場の入口前に、大勢のファンが待ち構えていた。

お目当てのトップスターが、フロントガラスからよく見える運転席に座ってハンドルを握っているのだ。興奮して、車に張り付こうとするファンまでいた。

危ない！

マネージャー代行の私が、このままのんびり助手席に座っていられるはずはない。

「降ります！」

そう言って、のろのろと進む車から飛ぶように降りた私は、キャーッと歓声を上げて車を取り囲むファンたちを静めるべく対応する。

「ありがとうございます。必ず城ノ内に渡しておきます。ありがとうございます……」

竹田さんがいつもやっているように、ファンから城ノ内さんへのプレゼントや花束を代わりに受け取る。城ノ内さんは、運転席からにこやかにファンに手を振った。

するとファンたちは満足したのか、ようやく駐車場までの道を空けてくれた。私はファンからのプレゼントを抱えて助手席に戻った。城ノ内さんは局の警備員がいる地下駐車場の入口ゲート前まで車を進める。すると、警備員がにこにこと挨拶《あいさつ》してきた。

「城ノ内さん、おはようございます。珍しいですね、ご自分で運転ですか？」

「ええ」

「それでは今日は、A―7にお願いします」

「はい、お疲れ様です」

最近はテレビ局のセキュリティーも厳しくなったらしく、ドラマの制作スタッフから警備員に、何時に誰がなんのドラマの撮影でやってくるか連絡があるそうだ。車を停める場所も事前に決められている。

私はファンからの花束やプレゼントを後部座席に置き、代わりに必要なものが入った城ノ内さんのボストンバッグを持った。

ドラマの撮影前に取材が入っている場合は、取材で身に付ける衣装も一緒に楽屋に持ち込むことがあるらしいが、今日はこのバッグだけでいいようだ。

しかし、城ノ内さんはそのバッグを私の手からもぎ取った。

「あの」

「いいから」

「え？」

「自分で持つ」

「よろしいんですか？」

「ああ」

「すみま、せん……」

私が自分の荷物をいくつか持っているのを見て、気遣ってくれたのだろうか――

城ノ内さんは厳しいところもあるが、さりげなく親切で優しい人だ。こんな場面に遭遇《そうぐう》すると、私の胸はきゅんと熱くなってしまう。

テレビ局へと通じるドアの前まで先に進んだ彼は、立ち止まって私を呼んだ。

「早くしろ！」

「あ、はい！」

局に入るには、竹田さんから預かってきた入構証《にゅうこうしょう》が必要だ。

私は急いで城ノ内さんの傍に駆け寄り、自動ドアの横にあるバーコードリーダーに、ピッとそれをかざした。するとドアが自動で開く。

いよいよ、テレビ局……

私は小さな興奮を覚えた。これまで取材で城ノ内さんに同行させてもらってきたが、テレビドラマを撮影する局の中に入れてもらうのは今日が初めてだ。

テレビでよく見るほかの俳優さんにも、会えるかもしれない――

私はまるで初めて東京見物にやってきたお上りさんのように、心をときめかせて城ノ内さんのあとに続いた。

局では、テレビに出演する有名人以外、身分を証明する入構証《にゅうこうしょう》を首から下げておかなくてはならない。けれど竹田さんから預かってきた入構証には、彼が所属しているダイヤプロモーションという会社名、彼の顔写真、名前が記されていた。そのため、私はこれをこのまま使うことができない。

「俺は先に五階にある楽屋に入ってるから、おまえは一階で一日入構証を作ってもらってこい。連絡してあるから」

「はい」

私は城ノ内さんに言われたとおり、地下二階の駐車場から一階までエレベーターで上がり、竹田さんの入構証を使って、駅の改札口のようなゲートを一旦出た。

そのあと警備室で、城ノ内さんが撮影しているドラマのタイトルと自分の名前を告げると、簡易的な一日入構証を発行してもらえた。

私はそれを首から下げて、ふたたび入場ゲートから中へ入る。そしてエレベーターに乗り、城ノ内さんの楽屋がある五階へと急いだ。

エレベーターから降りれば、いくつもの楽屋が並んでいる。まずは、『御曹司様が来た！』という撮影中のドラマタイトルと、十名ほどの役者さんの氏名が貼り出されたドアが目に入った。いわゆる大部屋と呼ばれる楽屋のようだ。

廊下を歩いていくうちに、貼り紙に書かれている名前の数が少なくなっていき、だんだん有名な役者さんのものに変わっていく。

そして最後に辿り着いたのが、『城ノ内翔様』という紙が貼り出された楽屋のドア。

ここだわ……

私はドアをノックし、緊張しながら中へ入った。

「おはようございます」

城ノ内さんは大きな鏡の前に座り、メイクをしてもらっていた。同時に、スタイリストさんと今日の撮影で着る衣装について打ち合わせもしている。

「お世話になっております」

私は元気に挨拶《あいさつ》したものの——いったいマネージャーとしてなにをしたらいいのかわからず、荷物を持ったまま楽屋の隅に佇《たたず》んでいた。

テレビ局によってまちまちらしいが、初めて目にした城ノ内さん専用の楽屋は、想像していたよりも大きかった。十畳ほどの空間に、シャワールーム、洗面台、トイレまでも完備されている。

化粧台がある片側の壁一面は、蛍光灯付きの鏡張りになっており、背もたれのある椅子が三つ置かれていた。テレビモニターも設置され、部屋の中央にはソファーセットまであった。

年配の俳優さんの中には、和風の楽屋を好む人もいるらしい。その場合は、ここにあるソファーセットが畳と座卓に変わるそうだ。

ドラマのスタッフは役者さんごとの楽屋の好みをあらかじめリサーチし、その役者さん用に準備を整えるという。竹田さんからそれらの話を聞いたとき、とても驚いた。

「もしかして、マネージャーさん、代わったんですか？」

楽屋の隅に立っている私を見て、スタイリストさんが城ノ内さんに聞いた。

「いや、臨時」

城ノ内さんがそう答えたあと、私は慌《あわ》てて自己紹介をする。

「少しの間だけ、竹田の代わりにマネージャーを務めることになりました。木下と申します。どうぞよろしくお願いします」

ペコリと頭を下げる。

「そうなんですか、よろしくお願いします。珍しいですね、城ノ内さんのマネージャーさんが女性の方だなんて」

スタイリストさんに挨拶《あいさつ》した私は、

「なにかお手伝いすることはありませんか？」

と声をかけてみたが、スタイリストさんは無言で小さな笑みを浮かべるだけだった。

私、もしや、空気が読めてない……？

ソファーの前にあるテーブルに視線を移すと、そこにはケータリングのサンドイッチやお菓子、オレンジジュース、コーヒーの入ったポットなどがずらりと並んでいた。

もしかしたら撮影の合間に城ノ内さんのお腹がすくかもしれない——そう考えた私は、料理は苦手なものの、おにぎりを作ってきた。ほかに、皮を剥《む》いてひと口サイズに切った果物も用意したのだが、そんなものはまったく必要なかったようだ。

テーブルに置かれたケータリングをじっと見ていると、スタイリストさんが口を開く。

「あっ、このロールケーキは、瀬川《せがわ》さんからの差し入れみたいです。並んでもなかなか買えないという、あのサンタモニカの」

「そう、なんですね」

瀬川さんとは、今回のドラマで城ノ内さんの相手役を務めている主演女優の瀬川彩香《あやか》さんのことだ。

楽屋に用意される軽食やお菓子は、ドラマのスタッフが準備するものだけでなく、役者さん本人や事務所などから差し入れされることも多いらしい。ときには局が用意するロケ弁の代わりに、豪華なお弁当が差し入れられることもあるという。

持ってくるなら、こういうお洒落《しゃれ》なものでないと……

私は恥ずかしくて、とても自分が作ったものを出すことができなかった。なんといっても、ただご飯を丸めてサッカーボールのように海苔《のり》を巻いたおにぎりと、大きさがバラバラの果物だ。

それらの入った紙袋を、私は誰にも気付かれないように楽屋の隅にそっと置いた。

メイクが終わった城ノ内さんは、スタイリストさんが選んだ衣装に着替えるという。楽屋にはとくに仕切りがないため、私は一旦、外に出た。

着替えが終わった頃を見計らい、ドアをノックして中に入ると、城ノ内さんはソファーに座って長い脚をゆったりと組み、台本を読むのに集中していた。

「なにか、召し上がりますか?」

「……」

「コーヒーでも、淹《い》れましょうか?」

テーブルの上の飲み物にまったく手を付けていない城ノ内さんに、私は聞いた。

「俺はいらない。飲みたければどうぞ」

「あ、はい……ありがとう、ございます……」

とはいえ、なんの役にも立たないマネージャー代行の私だけがいただくわけにもいかない。

それより、なにをしたら……

仕事を見つけることができず、ぼんやり立っていると、

「立ってないで、座ったら?　ここ」

と言って、彼は自分の前のソファーを指さした。

「では……」

私は小さくなって、城ノ内さんの前に座らせてもらう。そのあとも城ノ内さんは一心不乱に台本を読んでいた。

竹田さんによれば、彼の台本を覚えるスピードは『神レベル』だそうだ。決して現場には台本を持ち込まず、台詞《セリフ》をすべて頭に入れて撮影に臨《のぞ》む。それなのにNGもほとんど出さない。現場では演技の最終確認をするだけというのが、城ノ内さんの仕事のやり方のようだ。

仕事に集中し、真剣な眼差《まなざ》しを台本に向けている城ノ内さんは、とても素敵だ。惚《ほ》れ惚《ぼ》れしてしまうほど。

しかし彼は、私の視線が気になるのか、いきなり顔を上げた。

「そういえば、なに持ってきたんだ？」

「えっ？」

「紙袋、持ってただろ？」

私が楽屋に持ち込んだ、おにぎりと果物の入った紙袋が彼の目に入ったらしい。

「なんでもありません。気にしないでください」

とても人気俳優の楽屋で披露できる代物ではない。私が中途半端にそう答えると、なぜか城ノ内さんは、さらに追及してきた。

「なんでもなくはないだろ。なにが入ってるんだ？」

「あ、ですから……ちょっと軽食を。おにぎりと果物です。こんなにたくさん楽屋に用意されているのを知らなくて……」

私が答えると、城ノ内さんは「ふーん」と言ってまた台本に目を戻す。

やがて撮影開始の時間が近づき、ＡＤさんが呼びに来た。城ノ内さんは結局なにも口にせずに、撮影スタジオへと向かった。

もしかしたら、撮影の前にはなにも口にせず、ひたすら台本を確認するのが、城ノ内さんのスタイルなのかもしれない。

そんなことも知らず、形の悪いおにぎりと大きさの違う果物を用意してきた私は、本当に愚《おろ》かだ。

城ノ内さんはマネージャーと一緒に現場に入ることを好まないらしく、ひとりでスタジオに入った。私はダイヤプロモーションに電話を入れ、撮影の進捗《しんちょく》状況を報告する。

事務所のほうからは、とくに城ノ内さんに伝えることはないという。だが、打ち合わせをするため、これから竹田さんが入院している病院に向かってほしいと言われた。

今日は一日、城ノ内さんの近くにスタンバイしているつもりだったが、仕方がないので、『竹田さんの病院へ出かけてきます』というメモをテーブルの上に置いて楽屋を出た。

「おはようございます」

廊下に出た私は、ミニスカートを穿《は》いたアイドル風の女の子と、そのマネージャーらしき中年男性にいきなり声をかけられた。二人とも私と同じ一日入構証《にゅうこうしょう》を首から下げているので、城ノ内さんのドラマのスタッフではなさそうだ。

芸能界では朝だけでなく、昼でも夜でも、相手に「おはようございます」と挨拶《あいさつ》をする。私もその慣例に従い、

「おはようございます」

と返して立ち去ろうとしたのだが——

「城ノ内さんのマネージャーさんでいらっしゃいますね」

今度はやけに丁寧な口調で話しかけられた。臨時ではあったが、今は私が彼のマネージャーであることに間違いはない。

「あ、はい、そうです。代理ですが……」

すると突然、その中年男性が腰を折った。

「いつもお世話になっております。ハッピープロモーションの新谷《しんたに》でございます」

「こ、こちらこそ、お世話になっております」

私は慌《あわ》てた。この人が誰なのか、よくわからなかったからだ。

新谷さんという人は、ニコニコしながら自分の名刺を差し出し、一緒にいる女の子を紹介した。

「これがうちの新人、中井《なかい》エリカでございます」

「はあ」

「よろしくお願いしま〜す」

中井エリカさんが、甘えたように挨拶《あいさつ》する。

「あ、の……」

私はなにがなんだかわからなかった。もしかしたら、竹田さんと会う約束でもしていたのだろうか。

「実は今日、マネージャーの竹田は……」

私が話そうとしたら、新谷さんは遮《さえぎ》るように言った。

「わかっております。ダイヤプロモーションさんでも、グラビア系の新人さんはたくさんいらっしゃるでしょう。しかしうちの中井エリカのバストは、自慢のFカップでございまして」

「え……は、はい……」

そう言われた私は、彼女の胸元に視線を落とした。

豊かなバストに、憧れの谷間。顔まで可愛いなんて。神様はなんて不公平なんだろう。

私は軽く凹《へこ》んだものの——

「失礼ですが、どういったご用件でしょうか」

と、尋ねた。

「はい、本日は、城ノ内さんにご挨拶させていただきたくてまいりました」

「城ノ内に、ですか?」

どうやら竹田さんに会いに来たわけではないらしい。

しかし、城ノ内さんはたった今、撮影スタジオに入ったばかりだ。次の休憩まで、二時間以上ある。

「申し訳ありません。城ノ内はたった今、撮影スタジオに入ったばかりで……」

「そうでしたか」

「二時間は戻ってこないと思います。また改めて、いらっしゃっていただけないでしょうか」

私は必死に伝えたが、新谷さんは気にする様子もなく、にこやかに言った。

「わかりました。それではお戻りになるまで、こちらの廊下で待たせていただきます」

「それでは、あまりにも……」

「大丈夫です。何時間でも待たせていただきますから。どうぞお構いなく」

「……」

どうしよう……

私は困惑した。城ノ内さんに断りもなく、楽屋に入ってもらうわけにもいかない。かといって、廊下で二時間以上待ってもらうわけにも――

スタジオに入ったとはいえ、すぐに本番の撮影が始まるわけではないだろう。立ち位置や演技の確認などがあるため、本番のカメラが回るまでには少し時間があるはず。その間に城ノ内さんをつかまえられるかもしれない。

「新谷様、すみません。城ノ内に確認してきますので、こちらで少しお待ちいただけますか？」

私はそう告げると、大急ぎで廊下を駆け抜けてエレベーターに乗り、城ノ内さんのいる撮影スタジオへと向かった。


一日入構証《にゅうこうしょう》を首から下げてはいたが、ドラマのスタッフは私が誰なのかわからない。

そこで「おはようございます。城ノ内のマネージャー代理です」と挨拶《あいさつ》しながら、私は『御曹司様が来た！』の撮影現場へと入った。

高い天井の広い空間には、本日撮る予定のワインバーのセットがすでに組み上がっている。

出演者たちはスタジオの隅で打ち合わせをしたり、歓談したりしていた。現場の雰囲気は、とても和やかだった。

私はその中から、共演女優の瀬川彩香さんと話をする城ノ内さんを見つけた。周りの人たちに会釈《えしゃく》を繰り返しながら、彼の傍に歩み寄る。

「城ノ内さん、すみません」

「どうした？」

私を見た城ノ内さんはなにか重大なことが起きたとでも思ったのか、とっさに目を細めた。

私はすぐに、さっき受け取った名刺を差し出す。

「こちらの方が城ノ内さんにご挨拶したいと、楽屋の前でお待ちなんです。どうしたらいいでしょうか？」

　すると城ノ内さんは、苦い表情を浮かべた。

「まだ、いるのか？」

「はい。撮影が休憩に入るまで、楽屋の前でお待ちになるとおっしゃって」

「ったく……」

　彼は大きな息を吐くと、近くにいたスタッフに聞いた。

「本番の撮影まで、あとどのくらい時間がありますか？」

「十分ぐらいはあると思います」

「申し訳ありません、ちょっと出ますが、スタートまでには戻ります」

　城ノ内さんはいきなり、楽屋まで走り出した。

　私も慌てて城ノ内さんに続いて楽屋に戻る。

　楽屋の前で待っていた新谷さんは、すぐに城ノ内さんに話しかけた。

「うちの新人の中井エリカと申します。小さな役で構いませんので、次に城ノ内さんがご出演される作品のプロデューサー様に、ご推薦いただければと……。よければ今夜、撮影が終わったあとにでも、お酒の席をセッティングいたします。もちろんここにいるエリカも、個室に同席させますので……」

　隣で話を聞いているうちに、私は自分がとんでもない取り次ぎをしてしまったことに気が付いた。

どうやらこれは、新人タレントの売り込みだったらしい。

しまった……

「あの、新谷さん、そういうことでしたら……」

新谷さんに帰ってもらおうと私が話を遮《さえぎ》ると、城ノ内さんが口を開いた。

「今日は撮影が押しているので、またこちらから連絡させてもらいます」

「夜のお酒のほうは……」

「それもまた、次ということで」

「ホントですよ、城ノ内さん」

「機会がありましたら」

「ありがとうございます」

新谷さんは何度も念を押した。そして、ようやく新谷さんと中井エリカさんは、城ノ内さんの楽屋の前から立ち去った。

「すみま、せん……」

私は自分の失態を謝った。

しかし城ノ内さんは無表情のまま、大きな溜息をつくだけだ。

怒ってるんだ、城ノ内さん……

それは当たり前だった。共演者たちがスタジオに入り、まさに今から撮影が始まろうというときに、マネージャーである私が新人タレントの売り込みを阻止するどころか、取り次いでしまったのだから。

「今度から気を付けろ。一旦俺に取り次いだら、たとえただの売り込みでも、まったく話を聞かずに帰すわけにはいかないから」

「……はい」

城ノ内さんは呆れたようにそう言い渡すと、急いでスタジオへと戻っていった。

はあ……

私は自己嫌悪に陥《おちい》った。ちょっと考えれば、判断のついたことだ。初めてテレビ局の撮影現場に来て、城ノ内さんのマネージャーとしてなんらかの仕事をしなくてはと焦っていたのかもしれない。

でも、これでは役に立つどころか足を引っ張ってしまう。

どうしよう、明日から来なくていいって言われたら……

このことが事務所の貝塚社長に知られてしまったら、なんとお詫びすればいいのだろう。

心配は尽きることがなかったが、これから竹田さんの病院へ行かなくてはならない。私は急いでテレビ局を出て、最寄り駅へと向かった。

＊＊＊

竹田さんが入院している病院に到着した私は、病室のドアをノックした。「はい、どうぞ」という声が中から聞こえたので、ドアを開ける。

「こんにちは、木下です」

「待ってたんですよ、ほら、どうぞ」

私は竹田さんに促《うなが》され、中へ入った。

「具合はいかがですか？」

そう尋ねると、竹田さんは見ていたテレビをリモコンで消し、答えた。

「ずいぶんよくなりました。木下さんにまで迷惑をかけてしまい、本当にすみません」

昨日に比べると、竹田さんの顔色はいいようだ。私はホッとする。

「それより、どうですか？　城ノ内さんの様子は。撮影は順調ですか？」

竹田さんは仕事のことが気になるのか、さっそく城ノ内さんのことを聞いてくる。

「はい、それはもう」

しかし問題は城ノ内さんではなく、私のほうだ。

私は反省の気持ちを込めて、今朝からの失敗談をかいつまんで報告した。もちろん新人タレントの売り込みの件も。

するとと竹田さんは、クスクスと笑った。

「笑いごとじゃ……」

「所属のプロダクションの大小や力関係にかかわらず、城ノ内さんクラスのスターに推薦してもらえれば、小さな役がもらえたりするんですよ。だから新人を抱えるマネージャーは、あの手この手で売り込もうと必死なんです。なにも知らない木下さんが引っかかったとしても、仕方ありません」

「はあ……」

「でも、会わなかったでしょ？　城ノ内さんは。たとえ取り次いだとしても」

「それが、わざわざスタジオから出てきてくださって」

「ええっ!?」

竹田さんは目を見開いた。

「一旦自分に取り次いだら、まったく話を聞かずに帰ってもらうわけにはいかないって。そのあとで、溜息をつかれてしまいました」

「でも木下さんは、城ノ内さんにその人の名刺を見せたんですよね」

「はい」

「だったら、売り込みだとわかっていたはず……」

竹田さんは不思議そうな顔をして首を傾げる。

「きっと、私では対応できないと思われたんでしょう」

「たとえそうだとしても、約束のない人には絶対に会わないんですよ、城ノ内さんは。とくに撮影中は、神経が過敏になってますからね」

「……」

城ノ内さんにアポなしで会えるというのは、ものすごいことなのだ。なんといっても彼は、日本のトップスターなのだから。

改めて事の重大さを自覚した私は、急に不安になってくる。

だけど竹田さんは、

「大丈夫ですよ、ああ見えても優しいから、城ノ内さん」

と、気遣ってくれた。

「そう、でしょうか……」

「おそらく木下さんを思ってのことですよ。木下さんに売り込みを断らせるのは気の毒だと思って、自分が出ていったんでしょう。間違いありません」

竹田さんは自信たっぷりに言った。

城ノ内さんが本当にそう思ってくれたのだとしたら、どれほど嬉しいことか。しかしそれは竹田さんの推測であって、城ノ内さんがそう考えているとは限らない。

もしかしたら彼は、私がマネージャー代行をしていること自体、うっとうしく思い始めているのかも……

「そういえば今日は、スケジュールの確認で来てくれたんですよね」

「あ、はい」

動揺して肝心なことを忘れていた私は、慌《あわ》てて返事をした。すると竹田さんは、ベッドサイドの引き出しから自分の手帳を取り出す。

「すみません、ここの予定……写してもらってもいいですか?」

「わかりました」

彼が指し示す部分を、私は素早く自分の手帳に書き取った。

「ドラマの撮影は今日と明日、明後日はロケ先で撮影終了《オールアップ》です」

「撮影終了ですね」

「今回のドラマは視聴率もいいし、別の意味でも注目されているから、おそらくたくさんの報道陣が集まるはずです」

人気のある連続ドラマがすべての撮影を終える際、宣伝のためにオールアップセレモニーと称して局が場所を提供し、報道陣を集めるケースがあるという。しかし、竹田さんが言っているのはどうもそれだけではないらしい。

「それだけではない、といいますと?」

「ドラマに出演している俳優たちから、プライベートなことを聞くためです。これから話すことは、木下さんのところの記事には書かないでほしいんですが……」

「もちろんです。今回の取材のテーマと関係ないことは書きません」

私は答えた。

「実は、このドラマに、香織《かおり》という役で相田詩織が出演しています」

「もしかして、あの？」

「そうです」

城ノ内さんは今、離婚歴のある相田詩織さんと交際していると話題になっている。彼の事務所はこのゴシップで城ノ内さんのイメージが壊れるのを恐れているようだけど――

私は、城ノ内さんと相田さんが本当に付き合っているのかどうか知りたかった。

「やはりお二人は……内緒でお付き合い、されてるんですよね」

私が神妙な顔をして聞くと、

「まさか」

と、竹田さんはあっさり否定する。

「そ、そうなんですか？　違うんですか？」

「違いますよ、全然。少なくとも僕の知っている限りでは」

「……な、なんだ……」

目の前の視界が、急に明るくなった。城ノ内さんが誰と付き合っていようがいまいが、出版社で働く平凡な私とは、なんの関係もない。そんなことはよくわかっていた。

それでも私は、彼が相田詩織さんとは付き合っていないと知り、妙に嬉しくなる。

「相田詩織とは、以前にドラマで共演したことがあるんです。そのとき、城ノ内さんは何度も彼女に食事に誘われて……結局、断り切れずにみんなで食べに行ったら、城ノ内さんと相田詩織のツーショットだけが撮られてしまい……」

「じゃあ、週刊誌に載っていた密会写真というのは？」

「都合よくそう見せているだけです。実際あの場所には僕もいましたし、他にもドラマの共演者やスタッフ、相田詩織のマネージャーまで、たくさんいましたから」

「だったら、どうしてそんなことに？」

「おそらく、相田詩織の事務所の情報操作でしょうね。城ノ内さんの知名度を利用しようとしたんです」

「そんな……」

私は驚愕《きょうがく》した。芸能界には多くのたくらみが存在しているようだ。

同じドラマで共演した女優さんに利用された城ノ内さんが、とても気の毒になってきた。

「相田詩織については、いい噂を聞きません。離婚したのも、彼女の不倫が原因だと言われています。そのせいで仕事が激減したんでしょうね」

「だからって」

「今回の香織役も、城ノ内さんとの噂を使って、もらえたようなものです。城ノ内さんの恋人だと匂わせて、局の上層部やドラマの制作陣にかけあったみたいで――」

「ひどい……」

「向こうはなかなか、したたかですよ」

「……」

あれほど真摯《しんし》にお芝居と向き合っている城ノ内さんが、どうしてこんなスキャンダルに巻き込まれなくてはならないのか――

そのとき、ふとある疑問が湧いた。

「でも、なぜ……」

「えっ？」

「写真が事実でないなら、どうして城ノ内さんは、マスコミの前ではっきりと否定しないのですか？　恋人じゃないって言えば、すむことじゃ……」

すると竹田さんは溜息まじりに言った。

「それが城ノ内さんなんです。ああ見えても、情が深いというか」

「え……」

「城ノ内さんが交際を完全否定したら、向こうは確実に潰れますからね。嘘つきだとか、売名行為をしたとか非難されて」

「だからって」

「彼女からはときどき、演技の相談なんかもされてたみたいだから。女優としての未来だけは、残しておいてあげたかったのかもしれません」

「そんな……」

私は腹立たしかった。いくら演技の相談を受けていたとはいえ、自分の立場を落としてまで相田詩織を庇《かば》う必要がどこにあるのだろう。

城ノ内さんは、人が良過ぎる――

あ、でも……

もしかして二人は、こっそり会っていたりするのだろうか。一度くらい、そういう関係になったことがあるとか……？

勝手な想像を膨らませた私は、ひとりで切なくなってしまった。城ノ内さんは日本のトップスター。彼にアプローチする女性はたくさんいるだろうし、私がそれを気にするのは見当違いなわけだけど……

以前に竹田さんが『城ノ内さんはどんな女性からもモテモテですよ』と言っていたのを思い出した。城ノ内さんは常に、女優やモデルなどから言い寄られているらしい。

竹田さんはその理由について、『自分のほうからガツガツと女性を口説かない』『常にクール』

『女性に対してマメではないので、逆に母性本能をくすぐるのかもしれない』などと分析していた。つまり城ノ内さんは、自分から女性に近付くのではなく、近寄ってきた女性を受け入れるタイプなのかもしれない。

それなら余計に、積極的に迫ってきた相田詩織と身体の関係を持った可能性があるのでは……

「だから僕は、オールアップを心配してるんです」

「え？　あ……はい」

さまざまな想像をしていた私は、竹田さんによって現実の世界へと引き戻された。

「今回、別のシーンとはいえ、同じドラマに出演している相田詩織が、報道陣の集まるオールアップを狙わないわけはありませんからね」

「じゃあまた、城ノ内さんに接近してくるんですか？」

「十分に考えられます」

竹田さんは断言する。

「もちろん城ノ内さんがその危険を一番よくわかっていると思いますが、同じドラマの共演者ですし、あからさまに冷たくもできません」

「ええっ？」

「だから、木下さんにお願いしたいんです」

「なに、を……？」

「城ノ内さんを、守ってもらいたいんですよ」

「……」

＊＊＊

竹田さんから話を聞いた私は、マネージャーとして妙な使命感に燃えていた。張り切って、テレビ局へと戻る。

それに、しても。お腹、空いたな……

竹田さんと話し込んでしまったため、すでに午後二時を回っていた。出演者には局が用意するお弁当が出るので、城ノ内さんの食事の心配はいらないが、私は完全に食べ損ねてしまった。

「そうだ！」

私は、今朝作ったおにぎりと果物を楽屋に置いてきたことを思い出した。そしてそれを食べればいいと思い、なにも調達せずに楽屋へと戻った。

撮影がまだ続いているためか、城ノ内さんは楽屋にはいなかった。しかし、一度戻ったような形跡がある。

お腹がぺこぺこだった私は、おにぎりを食べようと、楽屋の隅に置いておいた紙袋の中を覗いてみた。が――なぜか、入っているはずのものがすべてない。残っているのは、切った果物を入れてきた空のタッパーだけだ。

……？

楽屋中探しても、見つからない。

もしかして、捨てられちゃった……？

私は大きく脱力した。

ソファーのテーブルにたくさん並んでいた軽食やお菓子、飲み物も、綺麗に片付けられていた。代わりにそこには、ペットボトルのお茶と城ノ内さんのロケ弁だと思われる豪華なお弁当が置かれている。

城ノ内さんも、まだ食べてないの……？

だとしたら自分だけここを抜け出し、昼食を買いに行くわけにはいかない。私は楽屋で城ノ内さんを待つことにした。

すると間もなく、彼が楽屋に戻ってきた。

「お疲れ様でした！」

私は明るく声をかけた。しかし城ノ内さんは、すごい剣幕《けんまく》で怒り出した。

「おまえ、今までどこに行ってたんだ⁉」

「どこって……」

彼は、私が残したメモを見ていないのだろうか。

「無責任だろ、マネージャーのくせに！」

ここまで感情を剥《む》き出した城ノ内さんを、私は今まで見たことがなかった。だから余計に慌《あわ》ててしまう。

「す、すみません……」

私はすぐに謝った。

「自覚がないなら、やめろ！」

「ええっ!?」

「いい加減なマネージャーは、必要ないと言ってるんだ！」

「あの、城ノ内さん。実は……」

言わなきゃ、早く！　病院に行ってたことを……

「だから、その……」

「言い訳はするなよ」

城ノ内さんはこちらに厳しい視線を向けた。

「はい。あ、す、すみません。ですから……城ノ内さんがスタジオ入りされたあと、事務所に電話をしましたら、竹田さんの病院に行くように言われて……一応メモを、テーブルの上に置いて出たのですが……」

だけど今、そのメモはどこにもなかった。並んでいたお菓子と一緒に、誰かに片付けられたのだろう。

「はい……」

「メモ？」

「竹田の病院に行ってたのか？」

「はい」

「事務者からの指示で？」

「そうです……」

私が答えると、城ノ内さんは少しトーンダウンした。

「そうか。で、どんな様子だった？　竹田は」

「だいぶ顔色がよくなっていました。痛みも和《やわ》らいだそうです」

「そうか」

「城ノ内さんの仕事のこと、すごく心配しておられました」

「わかった。でも、だからといって……黙って消えるなよ」

「……すみません」

連絡不足であったことを私は反省した。

「それより、城ノ内さん」

「なんだ？」

「お昼……」

そう言いかけたとき、楽屋のドアが激しくノックされる。

「城ノ内さーん！」

ＡＤさんがドアを少し開けて、顔を覗かせた。

「こちらにいらしたんですか」

「なに？」

「現場、押してます。すぐにお願いします」

「はい」

催促された城ノ内さんは、戻ってきたばかりなのに、またすぐに出ていった。

「嘘……」

これほど短い休憩しか取れない彼は、きっとまだ食事をとっていないのだろう。

心配になった私は、ＡＤさんを追いかけ、声をかけた。

「城ノ内ですが、さっき楽屋に戻ったばかりなんです。まだ昼食もとってないみたいで。時間、もう少しなんとかなりませんか？」

しかし、ＡＤさんは驚いたように言った。

「まさか、そんなはずは」

「でも、手の付けられてないお弁当が、テーブルの上にあるんです」

「あ、それは、マネージャーさんの分ですよ」

「私、の……？」

「はい。城ノ内さんはご自分で持参されたという、おにぎりと果物を召し上がっておられました。サッカーボールみたいな、海苔《のり》がついたものです」

「……っ！」

「彼女さんの、手作りなんでしょうかね。だからロケ弁は、マネージャーさんに残しておくと」

「……」

私はびっくりした。城ノ内さんが私の持ってきたおにぎりと果物を食べ、代わりにお弁当を残しておいてくれたなんて。

「ごめんなさい。勘違いしてしまって……」

私が頭を下げると、ＡＤさんはもうひとつ教えてくれた。

「城ノ内さん、マネージャーさんのことをとても心配しておられましたよ」

「私のことを？」

「だから、たびたび、楽屋に戻られていたようです。なにか……ちょっと注意したら、急にマネージャーさんがいなくなったとかで」

「だったら、電話をしてくれれば……」

そう言ってから、私は携帯の電源を切ったままにしていたことを思い出した。病院に入る前に切ったのだ。

「食べ終わったロケ弁は、業者がまとめて回収に来ますので、廊下の突き当たりにある給湯室までお願いします。さっき持っていこうとしたら、まだマネージャーさんが召し上がってないと城ノ内さんに言われたので……」

「ご迷惑をおかけしました。ありがとうございます……」

私が言うと、親切なＡＤさんはスタジオへと戻っていった。


楽屋へ戻った私は、すぐに携帯の電源を入れた。すると、城ノ内さんからの着信通知がいくつも入っていた。

本当に、心配してくれてたんだ……

ドラマに集中しなくてはいけないときに、マネージャーである私が、彼に神経を使わせてしまった。申し訳なさを感じながらも、城ノ内さんの思いやりと優しさに、胸がいっぱいになる。

「いただきます……」

私はソファーに座り、城ノ内さんが取り置いてくれたロケ弁の蓋《ふた》を開けた。てんぷらに焼き魚、煮物に和《あ》え物と、私が作ったおにぎりとは比べものにならないほど豪華で美味《おい》しそうなおかずが並んでいる。

割《わ》り箸《ばし》を割り、里芋《さといも》の煮物を口に入れる。和風ダシがほんのりときいた上品な味付けだ。

なぜか、涙が出そうになってきた。お弁当が美味《おい》しかったからではない。城ノ内さんの温かさが感じられたからだ。

私なんかには決して手が届かない、トップスター、城ノ内翔――

だけど、この想いを抑えることはできない……

私は、城ノ内さんのことをとても好きになっていた。

4

城ノ内さんが出演中のドラマは、彼が演じる御曹司の持田《もちだ》と、人気女優、瀬川彩香さんが扮《ふん》する笹子《ささこ》が繰り広げるロマンチックコメディーだ。大勢の視聴者が、二人の恋の行方を見守っている。

現在撮影されているのは、三週間後に放送される最終回のシーン。

私は密着取材に入る前、城ノ内さんが出演する作品すべてをＤＶＤで観たが、現在放送中のこのドラマはまだＤＶＤが出ていない。なので放送が終了した回は、テレビ局の有料配信で追っかけ視聴をしていた。

観てみると、さすがに高視聴率で推移しているドラマなだけあっておもしろい。私も視聴者のひとりとして、収録前の最終回が気になっていた。

最後に二人がどうなるのか——城ノ内さんに尋ねてみたのだが、企業秘密だと言って、教えてくれなかった。

でも、私はマネージャーとして、オールアップの現場に立ち会うことができるようだ。持田と笹子の恋の行方を、テレビの前にいる視聴者よりも早く知ることができる。

密着取材七日目の朝は、広尾にある城ノ内さんのマンションで合流し、テレビ局へと向かうことになっている。

おまえには、車の運転はさせられない――

城ノ内さんがそう言うので、ワンボックスカーは昨夜から彼の自宅マンションに置かれていた。

城ノ内さんが住むマンションは、高級住宅地にある。

初めてそこを訪れた私は、そのゴージャスな佇《たたず》まいに驚いた。

重厚な二枚扉を開けてエントランスホールに入る。中央には、大きな花瓶に入った豪華なアレンジメントフラワーが飾られおり、床は艶のある大理石《だいりせき》。高い天井からは、煌《きら》びやかなシャンデリアが吊られている。高級ホテルのロビーのような雰囲気だ。

私はやや気後れしながらも、エントランスホールの突き当たりにあるインターホンで、城ノ内さんの部屋番号を押した。

『はい』

「木下です」

『あ、うん……ちょっと上がってこい』

「えっ……？」

城ノ内さんは私の返事を待たずに、オートロックを解除したようだ。エレベーターホールへと続くガラスドアが自動で開く。

私は緊張しながらエレベーターに乗り込み、城ノ内さんの部屋がある三階のボタンを押す。

——しかし。

いくらマネージャーを代行しているとはいえ、男性がひとりで暮らす部屋に、のこのこ入ってもいいのだろうか。

警戒心の欠片《かけら》も見せずに上がり込んだら、軽い女だと思われてしまうのでは？

エレベーターが三階に着くまでの短い間に、私はそんなことを考えた。

そしてエレベーターのドアが開いた瞬間、私は「うわっ」と声を上げてしまった。この階には、たったの二つしか部屋がなかったのだ。

建物の外観から推測すると、ワンフロアの面積は相当大きい。それなのに部屋が二つだけということは、ひと部屋がかなり広いのだろう。

私はますます気後れして、おどおどしながら城ノ内さんの部屋のインターホンを押した。

「今、開ける」

彼の声がしたので、しばらく待っていると——

「……っ！」

ドアを半分だけ開き、顔を覗かせるようにして出てきた城ノ内さんは、下半身にバスタオルを巻いただけの姿。その鍛《きた》えられた上半身を間近で見た私は、思わず息を呑んだ。どうやらお風呂から上がったばかりのようだ。

「入って」

固まっていた私に、城ノ内さんは言った。

「どうかした？」

「い、いいえ」

こっちだけ変に緊張していたら、まるで彼のことを男性として意識しているようだ。実際、しているのだが……

落ち着くのよ。プールに行ったらすべての男性が、今の城ノ内さんと同じように上半身裸で泳いでいるんだから……

「お邪魔、します……」

私は急上昇する心拍数をごまかすように大きく深呼吸し、彼の部屋へと足を踏み入れた。

大きなシューズクローゼットのある玄関ホールは、十分すぎる広さだった。奥へと繋がる廊下には、ピカピカに磨かれた大理石が敷き詰められている。

城ノ内さんは濡《ぬ》れた髪をタオルで拭きながら、廊下を抜けたところにあるリビングへと私を案内した。

三十畳ほどの空間には、毛足の短い高級絨毯《じゅうたん》が敷きつめられていた。黒革のソファーにガラステーブル、大型テレビは壁掛け式だ。

モノトーンで統一されたモダンなリビングは、隅々まできちんと片付けられている。とても男性のひとり暮らしとは思えない。

「適当に座って」

「……はい」

私は黒革のソファーに腰を下ろした。

「飲み物は冷蔵庫にあるから、よかったら」

「ありがとう、ございます……」

長身でスタイルのいい城ノ内さんは、ほっそりして見えるのに、裸になると意外にも肩幅が広くて筋肉質だ。休みの日には会員制の高級ジムに通っているらしいから、そこで鍛《きた》えているのかもしれない。

あんな厚い胸に、抱きしめられたら……

そんなことを考えてしまい、私の心臓は早鐘を打ち始めた。

城ノ内さんが奥の部屋に消えたあと、私はしばらくリビングのソファーに座っていた。リビングからはセンスのいいキッチンが見える。

私は、ちょっとだけそのキッチンを覗いてみたくなった。取材五日前の夜、六本木のチャイニーズレストランで、彼が料理を作ると話していたからだ。

ソファーから立ち上がった私は、まだどきどきしている胸を押さえながら、キッチンのほうへと歩いていく。

私は料理が得意なわけではないが、城ノ内さんと二人でお揃《そろ》いのエプロンを付けてここに立つ姿を想像すると、ときめいてしまう。

――しかし。

「っ！」

いきなり後ろから、腕を掴まれた。振り向くと、バスローブ姿の城ノ内さんが立っている。

「……す、すみません」

私はすぐに謝った。ソファーで待つように言われたのに、勝手にキッチンを歩き回ったりしたから、城ノ内さんを怒らせてしまったのかもしれない。

「許さない」

城ノ内さんの口調は厳しかった。

「あの、でも、別にコソコソしていたわけじゃなくて、冷蔵庫から……そう、飲み物をいただこうとしたのですが、あまりに素敵なキッチンだったので……」

私は思い付くままに言い訳した。

「どこまで自分勝手なんだ、キミは。だいたい俺のこと……」

「え……」

城ノ内さんは突然、その男らしい胸に私を抱き寄せた。

「あ、あの……じょ、城ノ内さん……？」

いつしか私は、逞《たくま》しい彼の胸に顔を埋めていた。お風呂上がりの彼からは、男性の悩ましい色香が漂ってくる。

「うっ……え……」

恋愛経験のない私は、もうそれだけで眩暈《めまい》を起こしそうだった。そのうえ、彼は意味不明な言葉を続ける。

「俺が無理なんだ。簡単に思い出になんか」

「な、なんの……ことです？」

しかし、城ノ内さんは私の問いかけを無視するように、こちらを覗き込んだ。

「ここでキス、してもいい？」

「は……？」

「嫌、なのか？」

私は思わず生唾を呑み込む。

「い、嫌だとかいいとか……だから、そういう問題ではなくて……だだだって、キスですよ!?」

私は焦っていた。

どういうことなのだろう？　冗談……？

「俺のことが、そんなに嫌い？」

「と、いうか……」

これまで私は、キスというものをしたことがない。つまり、ここで彼と唇を合わせてしまったら、記念すべきファーストキスを奪われてしまうことになる。

どど、どうしたら……

躊躇《ためら》っている私を余所《よそ》に、城ノ内さんは頬に軽く手を添えてきた。そしてハンサムな顔を少し斜めに傾けて、ゆっくりと距離を縮める。

わっ、あああっ……

私の心臓は壊れんばかりに、バクバクと高鳴っていく。この状況を冷静に分析しようとしても、思考回路はまったく働かない。

で、でも……城ノ内さんとなら……

私は彼のことが好きだ。両想いじゃなくても、彼とのキスは一生の思い出になるだろう。

私は瞼《まぶた》をぎゅっと閉じた。そして、彼からの口づけをじっと待つ。

――しかし。

いつまで経っても、城ノ内さんの唇が下りてくることはなかった。

……え？

私が薄く片目を開けると、彼は顔を近くに置いたまま、なにやら不敵な笑みを浮かべている。

「そんなにキスがしたかった？　俺と？」

「は……？」

「なら一回ぐらい、してやってもいいけど」

「ええっ……!?」

からかうように微笑む城ノ内さんから、私はすぐさま飛び退《の》いた。

「今のが『御曹司様が来た！』のラストのキスシーンだ。事前に確認したいことがあったから、おまえを相手にリハーサルをやった」

「それなら、初めから教えてくださいよ！」

「素人《しろうと》相手に最初からタネ明かしをしたら、臨場感《りんじょうかん》が出ないだろ」

「り、臨場感……？」

私は恥ずかし過ぎて、今にも全身が砕け散りそうだ。

「マネージャーなんだから、このくらいの協力、あたりまえだろ？」

「そう、ですけど……」

からかわれた私は、悔しいやら情けないやらで、顔が熱くなった。それを彼に見られたくなくて、両手で覆う。

だけど城ノ内さんは私の手をわざわざ外し、真正面から覗き込んできた。

「まさか俺のことが好き、とか？」

「ち、違いますよ！」

私は自分の気持ちを隠そうとして、強く否定した。

「そう、怒るなって」

城ノ内さんは子供でもあやすように、私の頭をよしよしと撫《な》でた。

「……」

彼のそんな振る舞いに、私は密かにショックを受けていた。どうやら彼は私のことを、女性として見てくれてはいないらしい。

寂《さび》しさを感じつつ、やっぱり彼を好きになるべきではないと自分に言い聞かせる。私と彼は住む世界が違うのだ。

私は寂しさをこらえて、頭を撫でる城ノ内さんの手を振り払う。

「そろそろ出発したほうが」

「そうだな」

「だから、早く着替えてきてください。いつまでもふざけてないで」

「わかったよ」

私が少しつっけんどんに言ったためか、彼は仕方なさそうに寝室へと向かう。

「ていうか……怖いし、木下」

「は？」

「その顔……」

ふたたび名前を呼ばれて嬉しかった反面、私はとても悲しくなった。

城ノ内さんが運転するワンボックスカーで、私はテレビ局に到着した。

ドラマの撮影は、残すところあと二日。オールアップの明日はキスシーンがあるらしい。

私はただのマネージャー兼雑誌編集者。この恋が成就するわけないとわかっている。だけど、たとえ仕事であっても、彼が別の誰かと唇を合わせるのだと思うと、気持ちは沈んでいく。

今日は瀬川さんの撮影シーンが多いため、城ノ内さんと私は楽屋で二人、待ち時間を過ごしていた。

彼は黙って台本を読んでいたが、ときどき思い出したように話しかけてくる。

「今日はないのか？　おにぎりは」

「はい」

「なんで？」

昨日は軽食として作ってきたが、ドラマのスタッフさんたちが食べきれないほどいろいろと用意してくれるし、彼は撮影の合間にあまり食べないこともわかった。

「おにぎりと果物は朝食のつもりだったんです。それなのに昨日は、お昼に食べていただいたんですよね。気を使わせてしまい、申し訳ありませんでした」

恐縮しながらそう言うと城ノ内さんは呆れたような顔をした。

「俺が？　おまえに？　気を使った？」

「違うんですか？」

「全然、違う」

「じゃあ、どうして食べてくれたんです？」

さすがの私も、ここまではっきり否定されると悲しくなる。思わず、彼に尋ねてしまった。

「楽屋に置いてあったから。というか……ここのロケ弁、代わりばえしなくて、飽き飽きしてたんだ」

「そう、ですか……」

城ノ内さんが私に気を使っていたわけではないとわかり、有頂天《うちょうてん》になっていた私は大いに反省した。自分が情けなくて仕方ない。

にしても――彼のひと言ひと言に、こんなにも気持ちを揺らしてしまうなんて。キスされそうになった今朝もそうだ。

喜怒哀楽が激し過ぎるよ。しっかりしなくちゃ……

恋愛に発展する可能性がないトップスターへの片想いは、早く終わらせるべきである。密着取材が終われば、彼に会うこともできなくなるのだ。

それなのに……

＊＊＊

撮影スタジオからの帰り道、ワンボックスカーを運転する城ノ内さんに、私は助手席から声をかけた。

「お疲れ様でした。明日はとうとうオールアップですね。笹子の家の前での、夕方からのロケになります。現場入りの一時間前に、マンションへうかがえば大丈夫ですか？」

「ああ」

「ハッピーエンドになるんですよね、二人は」

「ああ。このあと持田は、シンガポールへ転勤になるけどな」

「そうなんですか⁉」

ドラマの結末を教えてもらい、私は興奮してしまった。

「じゃあ、城ノ内さんも、これからシンガポールに……？」

「いや、そこはもう撮影済みだ。だいたい明日でオールアップなのに、シンガポールには行けないだろ」

「あ、そうですよね……」

連続ドラマなのに、ラストシーンを先に撮影するなんて……

「でも、よかった。持田と笹子が結ばれるみたいで」

最後がハッピーエンドになるらしいとわかり、私は嬉しかった。城ノ内さんはそんな私を見て、フッと笑みをこぼす。

それでも、

「おまえって、ホント、一般視聴者と同レベルだな」

彼の笑顔に少しドキリとした反面、その言葉にはちょっと悔しくなる。

「わかってますけど、このドラマの先が気になって仕方がないんです」

「そんなにおもしろいのか？」

「はい」

「キスシーンもあるし？」

「別に、それは関係な……」

「どうして関係ないんだ？」

「……っ」

いきなりの質問に、私はどきまぎした。

「あ、もしかしてヤキモチ、とか？」

「ち、違いますよ！　どど、どうして私が!?」

城ノ内さんは、私の気持ちを見透かすようなことを言って笑う。

たとえ天地がひっくり返っても、私は彼の恋人にはなれやしない。なのに下手な誘導尋問に引っかかっては、気まずくなるだけだ。

私は必死に取りつくろうけれど――

「正直に言ってもいいぞ。本当は俺のこと、好きなんだろ？」

「冗談はやめてください！」

「認めたら、これから食事に連れて行ってやる」

「違うのに、どうして認められるんですか？」

「さて、どこで食事をするかな……」

城ノ内さんは私をからかって楽しんでいるらしい。しかもこっちはなにも言ってないのに、私が彼を『好き』だと確信したように、食事するお店まで選び始めた。

確かに二人でご飯に行けるのは、嬉しいけど……

ほいほいと二つ返事でついていくのも癪《しゃく》だ。

「少し行ったところに、うまいイタリアンがあるんだ。そこでいいか？」

私は意を決して、彼からの食事の誘いを断った。

「すみません、今日は別の予定が……」

「予定？」

私の答えがよほど意外なものだったのか、城ノ内さんはどこかムッとした様子だ。

「もしかして……彼氏、とか？」

彼は妙に含みのある口調で聞いてくる。

「ノーコメントです」

私は少し悔しくて、本当のことを言いたくなかった。

「じゃあ、誰と会うんだ？」

「ノーコメント」

「男？」

「だから、ノーコメントにさせてください！」

「……」

そんなやりとりのあと、城ノ内さんは少し無口になったが、駅の近くで車を停めて、私を降ろしてくれた。

＊＊＊

久し振りに、『ウーマン・ビジネス』の編集部にでも顔を出してみようかな……

腕時計を見たら、まだ十九時過ぎ。おそらくオフィスには、誰かが残っているはずだ。電話を入れたら、案の定、編集長が出た。

私は急いで、会社へ向かった。

「お疲れ様、木下さん」

「わあっ、編集長。こちらこそ、お疲れ様です！」

一週間ぶりに編集部のドアを開けた私に、新井編集長が声をかけてくれる。職場の空気が妙に懐かしかった。

「大変でしょ。密着取材だけじゃなくて、マネージャーまで引き受けちゃったから」

「失敗ばかりですが、まだクビにならずにやらせてもらっています」

「それでどう？　城ノ内さんの様子は」

「いろいろ話してくれるようになりました。昨日は彼のマンションにうかがったんですよ」

「すごいじゃない！」

編集長は嬉しそうに微笑む。

「広くてモダンなお部屋だったんですが、塵《ちり》ひとつ落ちてなくて。演技についても完璧を求める人なので、きっと家事もそうなんですね」

私はややおしゃべりに語った。

「これで少し、プライベート寄りの記事も書けそうね」

「はい」

「期待してるわ」

私の報告を聞いて、新井編集長は満足したようだ。

「ところで今日は？　ずいぶん早く終わったのね」

「実は、城ノ内さんから食事に誘っていただいたんですが……なぜかここに来ちゃいました」

「なにかあったの？」

編集長は途端《とたん》に表情を曇らせる。

「別になにも、ただ……」

「ん？」

「やっぱり行って、取材してくるべきでしたよね」

「……」

新井編集長に包み隠さず話してしまったことを、私は後悔した。少しでもいい記事を書くためには、一緒に食事に行って取材したほうがいいに決まっている。だけど——

「いいんじゃないの、たまには」

「えっ？」

新井編集長は、絶好の取材のチャンスを逃がした私を叱りはしなかった。

「もしかして、木下さん」

「はい」

「城ノ内翔のことが、好きになったんじゃない？」

「……」

編集長は、私の気持ちをズバリ言い当てた。

私は新井編集長の洞察力に、思わず息を呑む。

「ち、違いますよ。編集長まで、おかしなこと……」

「ふふ、城ノ内さんにも、同じことを言われたのね」

「あ、でも彼は、冗談のつもりで……」

編集長は真剣な顔をする。

「いいのよ、それで。恋をするのはごく自然なことなんだから。木下さん」

「はい……」

「真面目過ぎるのよ、あなたは。男性を警戒し過ぎるというか」

「編集長……」

「ときには、自分の気持ちに正直に突っ走ってみるのもいいものよ。まだ若いんだから、結果を恐れずにね。相手が誰であっても……たとえトップスターの城ノ内翔であっても、好きになるのは木下さんの自由なんだから」

「……は、はい」

確かに私は、学生時代の失恋を未だに引きずっている。誰かを好きになろうとする気持ちを、無理やり抑え込んでいる。自分の心に正直に恋することを、どこかで恐れていたのだ。

城ノ内さんと会えるのも、あとわずか……

泣いても笑っても、密着取材が終われば、彼と顔を合わせることもなくなる。臆病にならず、残された時間、思いのまま走ってみてもいいのかも――

私は静かに息を吐いた。

＊＊＊

密着取材八日目の今日、ついに撮影中のドラマがオールアップを迎える。

ドラマの主演俳優である城ノ内さんが運転するワンボックスカーで、私はロケ現場までやって来た。

ロケがあるときは、こうした大きい車が役に立つ。車内で着替えたり、食事をしたり、待機したりすることができるからだ。

ヒロイン、笹子の家の中のシーンはスタジオに組まれたセットで行われ、すべての収録を終えていた。これから撮るのは、外のシーンと、キスシーンのみ。どちらも夜の設定なので、夜間の撮影となる。

陽が落ちてあたりが薄暗くなり始めると、ロケ場所となっている民家の前の道路が閉鎖された。カメラや照明、録音機器などの機材が運び込まれていく。

準備が整い、城ノ内さんと瀬川さんが入ってきた。二人は立ち位置や演技の確認などを入念に行い、リハーサルを重ねる。

やがて真っ暗になると、笹子の家の前には眩《まぶ》しいほどの照明が焚《た》かれた。いよいよこれから本番の撮影がスタートする。

城ノ内さんと瀬川さんの顔にも、緊張の色が見え始めた。

このシーンは、シンガポールへの転勤が決まった持田の送別会が終わったあとという設定だ。自分の気持ちを伝えられなかった笹子は、彼に好きだったとメールを送るのだけど——

『どうして今日なんだ⁉』

城ノ内さんの第一声が、静かな住宅街に響きわたる。

二人の台詞《セリフ》のかけ合いのあと、城ノ内さんは、瀬川さんの腕を掴んで『許さない』と言った。その台詞には、聞き覚えがあった。昨日、城ノ内さんのマンションで、私が練習台になったシーンだ。

やがて二人は見つめ合い、城ノ内さんはそのハンサムな顔を、瀬川さんに近づけていき——

あ……

そのキスは、とてつもなく長かった。

まるで時間が止まったように。

二人の口づけを見つめているうち、胸が苦しくなってきた。ただただ切なくて、ここに立っているのも辛い。

城ノ内さんは瀬川さんの背に手を回してきつく抱きしめ、さらに深く口づける。

やめて……！

私は心の中でそう叫んでいた。

城ノ内さんが素晴らしいキスシーンを演じているのだから、私が嘆くのはお門違い。

なのに私はどうしても、二人のキスを見ていたくなかった。自分の仕事は、城ノ内さんの演技を見守ることだというのに。

——そして。

ようやく長いキスが終わり、コミカルな台詞《セリフ》のかけ合いが続いても、私の耳にはなにも入ってこなかった。あれほどこのドラマの続きを楽しみにしていたのに。

やっぱり私、嫉妬《しっと》してる……？

この恋が成就しないことはわかっている。

それでも私は、ざわめくこの気持ちを抑えることができなかった。


「はい、ＯＫです！」

撮影が終了したという合図の声に、拍手が湧き起こった。

演じていた二人に視線を戻すと、城ノ内さんは瀬川さんの背中をポンポンと軽く叩きながら、満足そうに微笑んでいる。瀬川さんはそんな城ノ内さんの首に腕を回し、喜びを分かち合うように抱き付いていた。

感動的な場面だったし、俳優さん同士だから、そのスキンシップに大した意味はないのかもしれない。だけど私はそっと目を逸らした。

最後にドラマのスタッフが、主演の二人に大きな花束を渡した。城ノ内さんはにこやかに会釈《えしゃく》して、周囲からの熱い拍手に応《こた》えている。

ワイドショーや情報番組のカメラがいくつも並び、高視聴率ドラマの感動的なオールアップの様子をレンズにおさめる。

しかし私は、スポットライトの当たる華やかな世界から離れた場所に立っていた。

城ノ内さんはそんな私に向かって手招きをする。スタッフも含めた全員が入るオールアップの集合写真に、私も入れてくれようとしたみたい。

だけど私は無理に笑顔を作って、小さく手を振った。

ありがたいその申し出を辞退したのだ。

私は、どうしてもこの場から動くことができなかった。

とそのとき、出演者やスタッフたちがざわめき始めた。そちらに目を向けると、キャミソールワンピースを着た相田詩織さんの姿があった。

竹田さんの病室を訪ねたときの会話を思い出す。

——今回、別のシーンとはいえ、同じドラマに出演している相田詩織が、報道陣の集まるオールアップを狙わないわけはありませんからね。

どうやら竹田さんの予感は的中したらしい。

彼女は集合写真に写ったあとも、城ノ内さんの傍を離れようとしなかった。

気が付くと二人は、スポーツ紙や女性週刊誌の記者たちに囲まれていた。

交際の噂がある城ノ内さんと相田詩織さんが、二人で並んでいるのだ。カメラのフラッシュが激しく焚《た》かれている。

どうしよう……

『城ノ内さんを守ってほしい』という竹田さんの言葉が頭に浮かんだ。

そうだ、私はいつまでもここに突っ立ってはいられない。私は、臨時とはいえ彼のマネージャーなのだから。

私は急いで城ノ内さんに駆け寄り、彼の背後に立った。なにか緊急事態が起きたら、取材の中止をお願いしなくては。

スポーツ紙や週刊誌の記者たちは、やがて二人のプライベートに関する質問を始めた。

「今回のドラマでは、別シーンで相田さんもご出演されてますよね」

「はい」

「城ノ内さんに、演技についてご相談とかはされたんですか？」

すると相田詩織さんが軽快に答えた。

「そうですね、相談とまではいきませんでしたが……演じていらっしゃるお姿を拝見することで、たくさんの勉強をさせてもらいました」

相田さんは、甘えたような視線を城ノ内さんに送る。そして、さりげなく彼の腕に胸を押し付けた。

スクープを狙っている記者たちは、待ってましたとばかりに口を開く。

「やっぱり、お二人はお付き合いされてるんですよね？」

「どうなんですか、城ノ内さん、本当のところを教えてください」

「相田さんが、恋人なんでしょ？」

城ノ内さんに、次々と質問が飛んでくる。彼の背後に立った私だったけれど、記者たちをどのタイミングで止めたらいいのかわからず、あたふたしてしまった。

城ノ内さんがいつまでも黙り込んでいると、代わりに相田さんが自ら交際を否定した。

「違いますよ～」

しかしその口調は、まるで「そうですよ～」と言っているようだった。

「本当ですか？　相田さん」

「デートはいつもどこでされるんですか？　芸能界でも超ビッグなカップルのお二人だから、会うのも大変ですよね」

記者たちは、質問相手を相田さんに変えたらしい。すごい勢いで彼女に迫っている。

「やはり、お互いのマンションですか？」

「教えてくださいよ、相田さん」

すると相田さんは満面の笑みで、城ノ内さんの腕を掴んだ。

「違いますよ、ねぇ、城ノ内さん？　私たちは、お友達ですから～」

そのとき、彼女のほうを向いた城ノ内さんの眉間に、うっすら皺《しわ》が寄るのが見えた。

このままじゃ、いけない！

私が彼の前へと足を踏み出そうとすると――

「いますから、俺。他に恋人が」

城ノ内さん自ら、驚きの事実をマスコミに発表した。

え……？　そう、なの……？

私は驚いて目を丸くし、がっくりと肩を落とした。

でも、そうだよね。考えてみたら、これほどカッコいい城ノ内さんに恋人がいないはずない。

ショックを受けている私にはもちろん構わず、報道陣は城ノ内さんに質問を繰り返す。

「どんな人ですか？」

「芸能界の方なんですか？」

「お付き合いして、どのくらいですか？」

「結婚は？」

「それはまた、次の機会にご報告しますよ」

城ノ内さんは恋人について、ひと言そう告げた。

だが、そんな彼のコメントに満足できなかったのか、ひとりの芸能レポーターが噛みついてくる。

「相田さんとの関係を隠すため、適当なことを言っててんじゃないんですか？　ドラマの宣伝でマスコミを集めておいて、それはないですよ、城ノ内さん」

それでも城ノ内さんがなにも言わなかったせいか、その芸能レポーターは声を荒らげた。

「ていうか、卑怯《ひきょう》ですよ。男らしく交際を認めたらどうなんです？　このままじゃ、相田さんが可哀想じゃないか！」

城ノ内さんの顔色が変わったのは、その瞬間だった。

いつもの彼なら、誰になにを言われても相手にせず、無言でその場から立ち去っていた。でも今日は竹田さんがいないからか、城ノ内さんも鋭《するど》い声を返す。

「俺が付き合っている人は、ここにいますよ」

「だから、相田さんでしょ？」

「違います！」

そう言うと、彼はなぜか、後ろにいた私の腕を掴み、カメラの前へと引っ張り出した。

さらに――

「俺が付き合っているのは相田さんではなく、ここにいる臨時マネージャーの木下です！」

ええっ？　えええええーっ!?

これまでの人生で、これほど驚いたことはなかった。

なにも言うことができず、ただただ目を大きく見開いて、その場に固まってしまう。

そのうえ城ノ内さんは、報道陣たちの目の前で、いきなり私の唇にキスをしたのだった。

う、嘘……

頭が真っ白になる。あまりの展開に、頭がうまく働かない。

カメラのフラッシュがバシャバシャと光り、私たちをとらえた。誰かが「スクープだ！」と叫んでいる。

あ……

「ちょっと、どういうこと⁉　この女、誰⁉　誰なのよーっ！」

城ノ内さんの隣にいた相田さんが、ヒステリックな声を上げる。彼女は城ノ内さんと私を引き離そうとしたが、その手を彼が払いのける。そしてそのまま、角度を変えてより深く口づけてきた。

「んっ……うっ……っ」

私はその口づけから逃げようとしたが、城ノ内さんにがっちりと頭を掴まれていて、すぐに身体を動かすことができない。

心拍数が急上昇していくのがわかった。

耳までカッと熱くなり、バクバクという心臓の音が響く。

彼が愛用するシトラス系コロンの香りに鼻孔をくすぐられ、甘く蕩《とろ》けてしまいそうだった。

どうしよう……気持ち、いい……

だけど、次の瞬間――

「おい、早く撮れ！　城ノ内翔がキスしてるぞ！」

「スクープだ！　カメラを回せ！」

マスコミのものすごい騒ぎ方に、さすがの私もハッと我に返った。

「やっ！」

両手で力一杯、城ノ内さんの大きな胸を押す。

すると彼は、少し驚いたような表情をこちらに向けた。

「木下……」

「ひどい……」

私はそう言って城ノ内さんを見つめた。彼は相田さんとの面倒なゴシップを揉《も》み消すため、とっさに私を利用したのだろうか。

だからわざと、マスコミの前で、キスを……？

だとしたら、それはあまりにもひどい。ファーストキスだったのに……私の目からは、失望の涙があふれだした。

城ノ内さんは目を見開いて尋ねてくる。

「どう、したんだ……？」

「だって……」

彼はしばらくの間、なぜか寂《さび》しそうな目でこちらを見つめていた。

ロケ現場にはまだ、煌々《こうこう》とライトが焚《た》かれている。私はその華やかな世界から逃げるように、夜の街へ走り出した。

5

大好きな城ノ内さんに、利用されてしまったのかもしれない――

そう思うと、ショックで涙が止まらなかった。

この恋が叶うとは思っていなかったけれど、私はただ好きな人の傍に少しでも長くいて、力になりたかった――

ロケ現場から夢中で走ってきたせいで、自分が今どこにいるのかもわからない。

私は住宅街の一角で立ち止まり、ぼんやりと周囲を見回した。

戻らなくちゃ……

そう思ったとき、後ろから車の来る気配がした。振り返ってヘッドライトの光に目を細めていると、その車はゆっくりとこちらに近づいてくる。

あ……

それは、城ノ内さんのワンボックスカーだった。だけど、いったいどんな顔をして彼と向き合えばいいのかわからず、私は知らない振りをして歩き始める。

しばらくの間、車は私の歩幅に合わせてのろのろとついてきた。

やがて痺《しび》れを切らしたのか、城ノ内さんは車を停める。そして運転席から降りると、私のほうにつかつか歩いてきて腕を掴んだ。

思わず城ノ内さんを見つめる。

彼は、切なそうな顔をして言った。

「どこ、行くんだ?」

「それは……」

「誤解してるみたいだけど。誰でもいいわけじゃ、なかった」

「え……」

「キスの相手だ。マスコミの前で恋人がいると言ったときも、おまえの顔を思い浮かべてた……」

「嘘……」

私は泣きそうになる。

「……急にキスして、悪かったよ。しかもあんな場所で。おまえの気持ちとか、なにも考えずに。ごめん……」

城ノ内さんは、とても優しい声音で謝った。

「機嫌、直して。な?」

「別に、私は……」

大きく呼吸して、自分を落ち着かせる。それから城ノ内さんを見上げて、私もまた謝った。

「こちらこそ、急に現場を飛び出しちゃって、すみませんでした……」

「心配したよ」

ゆっくり頭を下げると、彼は早口に言う。

「乗って、車」

「えっ……？」

「マスコミに、追いかけられてるから」

「は、はい」

私は、急いでワンボックスカーの助手席に乗り込む。

「とにかく、ここから離れよう」

運転席に座った城ノ内さんは、そのまま車を発進させた。

「やっぱり、騒ぎになってるんですね」

「ああ……」

私は、今後どうしたらいいかわからなくなってうつむいた。たくさんの記者たちがいたし、写真だって撮られてしまった。

私が黙りこんでいると、城ノ内さんはこちらをうかがうように口を開いた。

「そんなに嫌だった？　俺とのキスが？」

思いもよらなかったその言葉に、私は慌てて首を振る。

「いえ、そういうわけではなくて」

「じゃあ、なに？」

「その、もし今日のことが記事になったら、私はどうなっちゃうのかなって。それに城ノ内さんは、相田さんとのゴシップをうやむやにするために、私とキス、したのかと……」

「否定はできないけど、それだけじゃない」

ハンドルを握りながら力強く言った彼に、私は思わず呟いてしまう。

「実は……ファーストキス、だったんです……」

「え……」

城ノ内さんは、目を見開いてこちらを見た。相当驚いたようだ。

「私、これまで誰ともお付き合い、したことがなくて」

「う、うん……」

そこまで告げて、私はふたたび黙り込む。

城ノ内さんもしばらくの間、黙り込んでいた。

もしかしたら、彼は私にキスしたことを後悔しているのかもしれない。

私はこの沈黙が怖かった。重い女だと思われていないだろうか——

なるべく明るい調子で、私は口を開いた。

「あの、でも……気に、しないでください。だからって、城ノ内さんに、どうこう言うつもりは……考えてみたら、キスぐらい……大したことじゃありませんよね。ゴシップを消すために、お役に立てて、よかったです……ハハハッ」

だけど——

「俺は、違う」

「え……」

「木下のファーストキスの相手になれて、よかったと思ってる。嬉しいよ」

「城ノ内さん……」

「今日は家まで送っていくから」

「家、まで?」

「ああ」

「あの、送っていただかなくても大丈夫です、遠いですし」

「遠慮するな、切なくなるだろ」

せ、切なくなる……!?

私は城ノ内さんが発するひと言ひと言に、どきどきしていた。

もしかして彼は、私のことが好き?

……いや、まさか……

勘違いしては、ダメ!

私は必死で冷静になろうとした。もちろん彼が私のことを少しでも思ってくれているとしたら、こんなに幸せなことはないけれど——

無理、もうわからない……

結局、私は城ノ内さんにアパートまで送ってもらうことになった。

ただ、このワンボックスカーのナンバーはマスコミに知られている可能性がある。その場合、マスコミに私の自宅が知られてしまう危険もあるので、まずは城ノ内さんのマンションに向かうこととなった。そのあと、彼の車で送ってくれるという。

城ノ内さんの気遣いは嬉しいと思うけれど、私は複雑な心境だった。

＊＊＊

ワンボックスカーが城ノ内さんのマンションの地下駐車場に到着したとき、私の携帯が鳴った。

竹田さんからだ。

「もしもし」

『今どこですか？　城ノ内さんも一緒ですか？』

電話の向こうからは、竹田さんの切羽詰《せっぱつ》まった声が聞こえてくる。

「たった今、城ノ内さんのマンションの駐車場に到着したところです。竹田さん、お加減のほうは……」

『それどころじゃありませんよ、木下さん！』

「あ、はい……」

私が驚いたように返事をすると、

「もしかして、竹田？」

と、運転席にいる城ノ内さんが言った。

「そうです」

「なら、スピーカーにして」

私は携帯のマイクをスピーカーに切り替える。

「俺だ」

『あ！　どうするんですか、城ノ内さん。社長、カンカンですよ。なんで木下さんに、あんなことをしたんですか？』

竹田さんは城ノ内さんを問い詰める。

「別にいいだろ。それより、今から木下を家まで送ってくるから」

『正気ですか⁉　冗談じゃないですよ！』

「まさかもう、マスコミが？」

興奮気味に窘《たしな》める竹田さんに、城ノ内さんは聞いた。

『その通りです。どこで木下さんの情報を得たのかは知りませんが、すでに彼女の家には記者が張り付いているようです』

「私のアパートに、ですか!?」

『とにかくマンションに無事着いたのなら、早く部屋に入ってください。マスコミが駐車場までやって来るかもしれません』

竹田さんは忠告した。事態は考えていたより深刻らしい。

「とりあえず、部屋で様子を見よう」

城ノ内さんの言葉に頷《うなず》き、私たちはマンションの部屋に向かった。


室内に入ってすぐ、私は編集長に電話をした。

「もしもし、木下です。はい、ご迷惑をおかけしてすみません」

新井編集長は、おおかたの事情を把握していた。城ノ内さんの事務所から、すでに連絡があったようだ。

『残念だけど、密着取材は中止にしましょう』

これほど騒ぎが大きくなっているのだから、仕方がなかった。

『木下さんは当分、自宅で待機してちょうだい』

「当分というのは?」

「そうね、落ち着くまで一、二週間ぐらい？」

「わかり、ました……本当に、すみませんでした」

状況はますます悪くなっていくばかり。

私は明日から、編集部に顔を出すこともできなくなってしまった。

電話を終えてうつむいた私に、城ノ内さんは声をかける。

「お腹、空かないか？　パスタでいいよな」

彼はこの場にそぐわないくらいのんびりと言い、キッチンに立って、大きな鍋にお湯を沸かし始めた。

だけど私は明日からのことが心配で、とても食事どころではなかった。

「食べられないかも、しれません……」

「どうして？」

今日のキスの写真や映像が、テレビのワイドショーやインターネットに流されるかもしれない。

明日のスポーツ新聞に掲載される可能性だって高い。

地元の両親や祖父母、大学生の弟がそれを見てしまったら、なんと思うだろうか。私が東京でふしだらな生活を送っていると誤解するかもしれない。

どうしよう……

想像しただけで、怖くなった。

家族や友人たちに、なんと言えばいいのだろう。

「パスタは嫌い？」

だけど城ノ内さんは、何事もなかったかのように、キッチンから声をかけてくる。

「そういうわけじゃ、なくて……」

「だったら、どういう意味？」

彼はリビングへと戻ってきて、私の前に立った。

「……城ノ内さんは、こういうことに慣れているのかもしれませんが、私にとってはすごく大きな問題なんです。今日のことがニュースになって、それを家族が見たらどう思うかなとか、いろいろ考えちゃって……」

「それは、そうだな。悪かった」

そのあっさりした謝罪を聞いて、私は思わず感情的になってしまった。

「……城ノ内さんの密着取材も、中止になりました。明日から、私は自宅待機です！　このことも、とてもショックで……もう私、どうしたらいいか」

すると彼は、私の唇にちゅっとキスをしてきた。

「な、なにするんですか!?」

「二度目のキス。さっきは大勢の前だったから」

「こんなときに、ふざけるのはやめてください！」

声を荒らげた私だったが、城ノ内さんは真剣な表情で、じっと私の目を見つめた。

「ふざけてなんていない。俺はおまえと、本気で付き合いたいと思ってる。だから、マスコミになにを書かれたって構わない」

「え……それ、冗談、ですよね」

「俺は冗談が嫌いだ」

「でも私、なんの取り柄も……」

「知ってる」

「だったら！」

「まさか、断るつもり？」

「そういう、わけじゃ……」

いったい、彼はどういうつもりなんだろう。

困惑する私の唇に、城ノ内さんはまた柔らかな唇を押しあてた。今度はしっかりと。

「ん、うんっ……」

温かい唇の感触に、心臓はどきどきと高鳴り始める。

でも……

城ノ内さんが言った言葉は、本当なのだろうか。

私と付き合いたいだなんて、とても信じることはできない。

だって、人気も実力もあるトップスターが、平凡な私を好きになるわけ……

「うっ、んんぅ……」

私は彼の真意を確かめたかったが、深く口づけられて、なにも言うことができない。

「ほら、目を閉じて」

戸惑う私の耳元で、城ノ内さんが甘くささやいた。

「いい子だ」

魔法でもかけられたようにふわふわした心地になり、私はぎゅっと目を閉じた。彼は私の後頭部を引き寄せたかと思うと、また魅惑的な唇を重ねてきた。

「……んっ」

城ノ内さんは、何度も角度を変えて、私の唇を優しく啄《つい》ばむ。

やがて、強く深く口づけられた。

「くぅ……んっ」

頬が熱くなり、呼吸が速くなっていく。

何度も何度も柔らかい唇を押し付けられ、全身が甘く溶けそうだ。

城ノ内さんは私の唇をぺろりと舐《な》めた。そして唇の隙間をこじ開けるみたいにして、ぬるりとした舌を押し込んでくる。

「あ……」

初めての感触に、私の身体はぴくりと跳ねた。

彼は丁寧に歯列を舐め尽くしたかと思うと、今度は顎《あご》の裏まで卑猥《ひわい》にくすぐってくる。

「や、うぅっん……っ」

無意識のうちに、変な声が漏れた。お腹の奥が、なぜかきゅんと疼《うず》いてしまう。

城ノ内さんとの長いキスは、とても悩ましかった。自分の心臓が壊れそうなほど大きな音を立てているのがわかる。

どうして？

彼は、私とは別世界にいるトップスターなはずなのに……

私にこんなキスをくれるなんて……

「あっ……」

彼がいきなり、私の腰を自分のほうに引き寄せた。

大きな手でゆっくり腰を触りながら、彼は舌をさらに深く侵入させて、私の口腔を犯していく。

「う……っ、あ……」

くちゅくちゅと唾液が絡《から》む、淫《みだ》らな音が聞こえた。濃厚な口づけに、身体はかあっと熱くなるばかり。

「ん、う……っ」

追いかけてくる彼の舌に、自分の舌が絡めとられてしまう。

城ノ内さんとの大人のキスは、どこまでも濃厚で――

私は心臓をどきどき高鳴らせながら、次第に気持ちよさを感じていた。

呼吸が少しずつ速くなり、何度も下半身がきゅっと疼《うず》いた。

「あ……んっ、や」

私はこの悩ましいキスを、ずっと続けたかった。

もっともっと深く、この先まで教えてほしい。

――だけど。

クツッ、クツッ……

ちょうどそのとき、お湯の沸いた音が、キッチンから聞こえてきた。

「……沸いたみたいだね……」

「そう、ですね……」

突然離された唇に、少しだけ寂《さび》しさが残った。

「どうする？　食べるだろ？　パスタ」

私は恥ずかしくなり、小さく頷《うなず》いた。

キッチンに戻った城ノ内さんは、沸騰した鍋にパスタを入れた。

外食が多いのかと思っていたが、冷蔵庫にはベーコンも茄子《なす》も入っている。そういえば以前、料理をすると言っていた。割と頻繁に家で食事をとるのかもしれない。

彼は缶詰のトマトソースを使って、茄子とベーコンのトマトパスタを作ってくれるようだ。

城ノ内さんが手際よく料理を進めていき、あと少しで完成、というときにインターホンが鳴った。

画面を確認すると、記者らしき人が映っている。マスコミが、マンション一階のエントランスまで入ってきたらしい。

城ノ内さんがカーテンの隙間から外の様子をうかがうと、カメラを持った人たちがたくさん集まっていた。エントランスと駐車場の出入口に分かれて、私たちを待ち構えているみたい。

「これじゃあ、当分、外には出られないな」

城ノ内さんがポツリと言う。

「今夜は、ここに泊まっていけ」

「えっ……！」

今日、初めてキスをしたばかりなのに、もうお泊まりなんて……

私が戸惑っていたら、彼はキッチンに向かいながら言う。

「まずは食べよう。考えるのはあとだ」

そして料理を仕上げて、テーブルに運んでくれた。

「は、はい……」

私は返事をしつつ、今日はどんな下着だったかな、と考えてしまった。

ダイニングのテーブルについたあとも、変な想像をしてしまう。

城ノ内さんは、トマトパスタと野菜サラダ、チーズなどをテーブルに並べた。さらにワインセラーから赤ワインを一本取り出し、慣れた手付きで栓を開ける。

「ドラマが無事に終わったから、今夜は飲みたい気分なんだ。付き合ってくれるだろ？」

「はい、でも……」

彼はワイングラスを二つ取り出して、真っ赤なワインを注いだ。

このままお酒を飲んでしまったら、城ノ内さんは車の運転ができなくなって、今夜は絶対ここに泊まることになる――

私の心拍数は、どんどん上がっていった。

「い、いいんですか？　お酒なんか飲んで……さっきの竹田さんの様子じゃ、きっと大変なことに……」

「気にすることはない」

「で、でも、私なんかを恋人だと宣言しちゃったんですよ。明日から、どうするつもりですか？　ファンの人に文句を言われて、人気が落ちちゃうかも……」

「これからのことは、なるようにしかならないから。それにさっきも言ったけど、俺は木下とのことを書かれても構わない」

そう言って、彼は小さな笑みを漏らした。

私は困惑する一方で、喜びを感じてしまっていた。

不安だらけだったが、すすめられるままに美味《おい》しいお酒と料理を口にするうち、忘れていた空腹感が戻ってくる。私はあっという間に、茄子《なす》とベーコンのトマトパスタを平らげた。

グラスに注がれた赤ワインも、いつしか空になっている。

「美味しいですね、このワイン」

城ノ内さんはハンサムな笑みを浮かべると、私のグラスにまた並々とワインを注いだ。

「高いんですよね?」

思わず尋ねると、城ノ内さんは事もなげに言う。

「そうでもない、五万くらいだ」

「ええっ……!?」

高級ワインを水のようにガブガブ飲んでしまった私は、急に罪悪感に苛《さいな》まれた。

しかも値段を聞いた途端《とたん》、なぜか酔いが回ってくる。

気が付くと、目の前にいる城ノ内さんがますます素敵に思えてきただけでなく、二人いるようにも見えて――

「大丈夫か?」

「ちょっと、飲み過ぎた……みたい、です……」

いつもの私は、こんなにお酒に弱くはない。

しかし今日は、あまりにも予想外の出来事が立て続けに起きて、思いのほか早く酔っぱらってしまったらしい。

瞼《まぶた》が重くなってきて、目を開けていられなくなる。

だめだと自分に言い聞かせたものの、私は結局、ダイニングテーブルで頬杖をついて目を閉じた。


身体がふわりと浮いている。

誰かに抱きかかえられて、運ばれているようだ。

どこか心地のいい場所に下ろされて、気分はすこぶるいい。私は花畑に横たわり、眠っている気がした。

すると誰かが、ポニーテールに結っていた髪をほどいてくれた。

着ていたスーツのジャケットから片腕が抜かれ、もう片方も同じようにされる。どうやらその人は、私の服を脱がせているようだ。

穿《は》いていたスカートにも、手がかかる。

ウエストのホックを外されてジッパーが下ろされ、やがてスカートは、ゆっくりと下に引っ張られていき――

って……ええっ……!?

私は、驚いて目を覚ました。

目を開けると、城ノ内さんがベッドの上で、私のスカートを脱がそうとしている。

「な、なにを……してるんですか⁉」

スカートはすでにお尻のあたりまで下げられていて、ストッキングの下のショーツも透けて見えて――

「きゃあっ！」

私は思わず、目の前にあった掛け布団を抱えて身体を起こした。そしてベッドの端まで逃げたあと、彼に疑いの視線を向ける。

「違う。服が皺《しわ》になると思ったから、脱がせてやろうとしただけだ。ワインを飲んだあと、ダイニングで眠っただろ？」

見回すと、ここは城ノ内さんの寝室らしかった。

大きなベッドが中央に置かれ、シックなこげ茶色を基調にした家具で統一されている。リビングとはまた違った雰囲気だ。

つまり彼が、私をここに運んできてくれたの……？

ベッドの隣は書斎みたいなスペースになっていて、天井まで届く大きな本棚があった。

壁一面にぎっしりと、単行本や文庫本が並べられ、中には洋書もある。

背表紙が綺麗に揃《そろ》えられていることから、彼の几帳面な性格がうかがえた。

「すごい本、ですね……」

私は、その見事な本棚に圧倒された。

「城ノ内さん、読書がお好きでしたよね」

私が確認すると、彼はゆっくり頷《うなず》く。

「おまえは？」

「私も、読書は好きです。あの、もしかしてここにある本は、全部読んだんですか？」

「ああ」

「すごい……こんなにいろんなジャンルの本……」

「役作りの資料に買ったものも多いけどな」

「羨《うらや》ましいです……」

私は、いつも図書館を利用している。読みたい本や欲しい本はたくさんあるけれど、それらすべてを買えるだけのお金もないし、また所蔵できるほど広い家に住んでいるわけでもない。

そんな私にとって図書館はすごく便利だけど、新刊には常に予約が入っているので、すぐに読むことはできない。

「読みたいものがあれば、持っていけばいい」

「本当ですか？」

城ノ内さんの言葉に、私は目を輝かせる。

「ただし、俺を夢中にさせたらだ」

「夢中……？」

彼はベッドの脇に座っていた私を、じっと見つめる。

「なあ、木下。俺とセックス、しないか？」

「えっ？」

あまりにもストレートなお誘いに、私は思わず息を呑んだ。

今日はお泊まりするわけだから、そういうことになるかもしれないと思っていた。

でも、こうも直球で聞かれたら、どう返事をしたらいいのかわからない――

「もしかして、酔ってます？」

私は照れ隠しのため、そう言ってごまかした。

しかし城ノ内さんは、真剣な表情で私を見つめる。

「酔ってない」

「だったら冗談、ですよね」

「俺は冗談が嫌いだと言ったはずだ」

「でも」

「おまえが欲しい。ただ、それだけだ」

「……っ」

城ノ内さんは私の返事を待たずに、唇を塞《ふさ》いできた。

彼はゆっくり唇をなぞったあと、舌を割り入れてくる。そして私の髪に長い指を絡《から》ませながら、甘く口腔を乱した。

「んぅ……う……っ」

心臓がまた、どきどきと大きな音を立て始める。彼のキスが深くなるにつれて、呼吸はどんどん速くなる。

「あ……っ、んっ……」

城ノ内さんは舌先で、私の口の粘膜《ねんまく》をくすぐった。くちゅりと唾液の音を響かせて、舌を激しく絡《から》めとっていく。

いつしか私の舌は、彼の口の中に導かれていた。

城ノ内さんは、それを楽しそうに弄《もてあそ》ぶ。

「う……ん、っあ」

キスにも、いろいろなやり方があるようだ。

男性経験のない私は、そのひとつひとつに驚きを感じてしまう。

彼のディープなキスに翻弄《ほんろう》されていると、お腹の奥がまたきゅんと淫《みだ》らに疼《うず》く。

「ん、あっ……うっ……」

口の端からこぼれてしまった唾液を、城ノ内さんは音を立てて舐《な》めとった。そんな彼の仕草が、私をさらに熱くさせる。

彼はキスを続けながら、私の髪に触れていた指をゆっくりと下ろしていった。彼の指は首筋を滑り、肩をかすめ、私が着ていたブラウスのボタンを上から順番に外し始める。

「や……」

このままでは、小さな胸を見られてしまう……

とっさに私は、そんな思いに駆られた。

この小さな胸を見られてしまったら、城ノ内さんに嫌われるかもしれない。

私は慌《あわ》てて、ブラウスの前をかき抱いた。

「すみません、やっぱり……」

「怖いのか?」

「じゃなくて……あの、だから……」

だけどなにを言っていいかわからず、結局私は正直に告白した。

「小さいんです、胸が……それが、恥ずかしくて……」

私の言葉を聞いた彼は、優しく微笑んだあとに抱きしめてくれる。

「バカだな。俺はおまえだから、抱きたいと思ったんだ。胸の大きさは関係ない」

「でも……」

「俺がそんなこと、すべて忘れさせてやる」

「……」

城ノ内さんは上から覆い被さるようにして、ゆっくりと私をベッドに倒した。唇にはふたたび、熱いキスの雨が降ってくる。

やがて城ノ内さんは、ブラウスの残りのボタンを全部外した。

ブラウスの下には、レースの付いた真っ白なブラジャー。

私は恥ずかしくて、顔を横に向けた。

城ノ内さんの長い指は、首筋を何度も往復して、鎖骨《さこつ》をくすぐっていく。

その微妙な感触が艶《なま》めかしくて、私は声を漏らしてしまった。

「あっ……」

私の反応に満足したのか、城ノ内さんはしばらくその動きを繰り返す。

そしてついに彼は、ブラの上から私の胸に触れた。城ノ内さんは私の小さな膨らみを、優しく揉《も》んでいく。

男性から触れられることが、これほど気持ちいいとは思わなかった。

やがて静かながらも悩ましい快感が生まれ、お腹の奥底にじんじんとした熱が宿っていく。

「んっ……やぁ、ん」

「気持ちいいのか？」

城ノ内さんは、膨らみの中央をブラの上から指先で弾いた。

かと思うと、今度は指の腹でつまみ上げようとする。

「や……んっ、はっ……」

自分でも聞いたことがないような声が出てしまい、すごく恥ずかしい。でも、声を抑えることはできなかった。

胸の頂がブラの布地にこすれて、もどかしい。

気が付くと、早くそれを脱がしてほしいと思っていた。

「ふぅ……っ、あっ、ん……」

今にも全身が蕩《とろ》けそうで、はしたない疼《うず》きがどんどん膨らんでいく。

しばらく胸を揉みしだいていた城ノ内さんは、突然、ブラジャーを押し上げた。

「ひゃっ！」

彼の目の前に、薄く色付いた二つの突起がさらけ出される。

「だ、だめっ！」

「どうして？」

部屋の電気はついたままで、明るい。これでは剥《む》き出しにされた上半身を、彼にじっくり見られてしまう。

私は焦った。城ノ内さんを失望させたくなかったから。

しかし――

「綺麗だ……」

彼は私の胸元を見て、そうささやいた。

「え……」

「そそられるよ」

「私に、ですか？」

「ああ」

私は思わず泣きそうになった。

胸がじーんと熱くなる。

今まで私は、この小さなバストがコンプレックスだった。

なのに彼は私の胸をバカにすることなく、『綺麗だ』と言って褒《ほ》めてくれたのだ。

他の誰でもなく、みんなが憧れるトップスター、城ノ内翔が——

どんどん気持ちが軽くなっていく。

「すごく、綺麗だ」

城ノ内さんはふたたびそう言うと、手の動きを再開させた。

今度は、私の小さな膨らみを直接、揉《も》み始める。

「うっ……ん、あぁ……っ」

その艶《なまめ》かしい感触に、思わず甘い吐息を漏らしてしまう。

お腹の奥がますます疼《うず》いて、たまらなくなる。

彼は私の乳房を十分に揉みしだいたあと、硬く尖《とが》った胸の先をきゅっとつまんだ。

「やんっ！」

全身に快感が走る。

私の身体は、ピクンと小さく跳ねた。

城ノ内さんは親指と人差し指の腹で敏感な頂《いただき》をつまんだまま、手のひらで膨らみをやわやわと刺激する。

「んぅ……やぁっ、……うん、あっ！」

私は生まれて初めての快感に、翻弄《ほんろう》されていた。

だけど一方で、彼のことがますます愛おしく、好きになっていく。

そのうちに、城ノ内さんの唇が下へ下へと滑り出した。

首筋から鎖骨《さこつ》へ――そしてついには、私の胸の先を口に含む。

「ふ……っあ」

生温かな感触に、私の身体は淫《みだ》らに跳ねた。

彼は絶妙に舌を動かし、胸の頂を転がしていく。

「あぅ……」

プロポーションの悪い私は、ずっと恋を諦めていた。

だけど城ノ内さんは私のコンプレックスを払拭《ふっしょく》するように、乳房に優しい愛撫を重ねてくれる。

「あ……うん、っ……くっ……」

悪戯《いたずら》な唇と舌は、私の胸の先を甘く食み、ちゅーと強く吸った。チロチロと舌先でくすぐられたら、たまらず甲高《かんだか》い声が漏れてしまう。

もう片方の乳首も、彼の指先に刺激される。

「やん……う、くぅ……あんっ」

「小さな胸のほうが、感度はいいらしい。自信を持てよ」

「……」

「ほら、胸の先が、こんなに勃《た》ち上がってる……」

私は恥ずかしくて、彼と視線を合わせることができない。

城ノ内さんは膨らみの先端を、ふたたび咥《くわ》えた。

「あっ……んっ……」

ざらついた舌で硬くなった乳首を押し潰されると、下半身が疼《うず》いて仕方ない。彼はどこまでもいやらしく、私の胸を弄《もてあそ》んでいく。

「ん……うっ……っあ」

呼吸がはあはあと荒くなり、肌がしっとり汗ばむ。

それに、彼からの愛撫を受けていると、脚の間が熱く火照《ほて》ってくるようだ。

「うっ、ん……やっ……」

もどかしくて、両膝をもぞもぞと擦り合わせる。

「あ、んっ……い、いっ……」

男性からの愛撫が、こんなに気持ちいいなんて……

私がその快楽の波に呑み込まれていると、城ノ内さんは太腿《ふともも》まで下げられていたスカートを、素早く下ろした。そしてショーツが透けて見えるストッキングの上から、敏感な秘所に指を押しあててくる。

「ひゃんっ！」

彼はそこに指をあてたまま、くるくると円を描いた。

「んっ……くっ……あぅ……だ、めぇ……い、やぁ……んっ」

ぞくぞくとした淫《みだ》らな疼きが、身体の奥からどんどん湧き出てきた。

それにあわせて、呼吸も激しくなっていく。

「どう？　気持ちいい？」

「え……は、はい……」

いつしか城ノ内さんの手は、ストッキングのウエスト部分から、ショーツの中へと差し込まれていた。

「……やぁんっ！」

茂みをいやらしくなぞった彼の指が、脚の間にある秘裂に潜《もぐ》り込む。

「ん……はぁ……んっ」

「すごく、濡《ぬ》れてるね」

「……」

あまりに恥ずかしくて、私は目をぎゅっと閉じた。

城ノ内さんが私の蜜を指に絡《から》めて動かすたびに、くちゅくちゅといやらしい音が立つ。

「んっ……っあ……」

前後にこすったり、円を描いたり。ついには、一番敏感な蕾《つぼみ》に触れた。

「や……だ、めぇ……」

感じ過ぎた私の腰は、ふらふらと落ち着きなく揺れた。

熱を持った秘所から、はしたない蜜がこぼれていくのが自分でもわかる。

「指、挿《い》れるけど、いい？」

「え……」

「最初に慣らしておかないと、痛いかもしれないから」

「……はい」

生々しい会話に、私は思わず息を呑んだ。

やがて城ノ内さんの指先は、敏感な花弁を探るようにして、中へと忍び込む。

「きゃっ……んっ！」

「どうした？」

「ん、んぅっ……」

彼の指は、ゆっくりと襞《ひだ》をかき回す。

「あんっ、やぁ……だ、めっ……うんんっ」

「感じてる？　ここ？」

「えっ……」

「気持ちいいんだろ？」

「そんな、こと……」

指はもっとも感じる蕾をこすりながら、いやらしく動いた。

「どんどん濡れてきてる……」

彼はそう言って、指を速く動かした。すると、ぐちゅぐちゅと大きな水音が響く。

脚の間から、蕩《とろ》けるような快感が襲ってきた。

「あんっ、ぅんっ……だ、だめ……変な、気分に……」

「つまり、いいってこと？」

「は、はい……たぶん……あぅ……」

城ノ内さんは手を休めなかった。

それどころか、ますます私の内側を卑猥《ひわい》に探っていく。

「う、嘘……んっ……だ、だめっ……きゃ……っ、やぁ……」

「初めてだから、これでも慎重にしてるんだ。ふつうだったら、こんな丁寧な抱き方はしないよ」

「ふつうって……じゃあ、いつもこんなこと……してるんですか……？」

「経験がないわけじゃないからな」

その言葉を聞いた途端《とたん》、私の胸はぎゅっとしめつけられた。

城ノ内さんが他の女性ともこんなことをしていると想像しただけで、苦しくなる。

「やっぱり、いや！」

気が付いたら私は、そう叫んでいた。

「木下……」

私は城ノ内さんの過去の女性に、嫉妬《しっと》していたのだろう。そんなことは無意味だとわかっていても、自分に自信のない私は、どうすることもできなかった。

「すみません、やっぱり今日は……」

私は城ノ内さんの胸をぐっと押す。

「……城ノ内さんとはまだ、きちんとお付き合いをしてるわけでもなくて……デートもしてないうちから、いきなりこんなことは……」

二十七歳になった女が使う台詞《セリフ》でないと、わかっている。

でも、ついつい私の中に臆病な風が吹いてしまったのだから、仕方がない。

「わかったよ」

彼は少し寂《さび》しそうな顔でそう言った。

「ごめんなさい、私……」

私は、自分がとても情けなくなった。次第に、涙が浮かんでくる。

「俺が無理やり、しようとしたから？　それで怒ったのか？」

城ノ内さんは優しく尋ねた。

「そうじゃ、なくて」

「じゃあ、どうして？」

せっかく理由を聞いてくれようとしているのに、私の口からは謝罪の言葉しか出てこない。

「すみません……」

ベッドの上で身体を丸め、私は涙を拭った。

城ノ内さんはしばらく私の頭を撫《な》でてくれていたが、やがて小さく息を吐いて言った。

「俺はリビングで寝る。おまえはこのベッドを使え」

そして掛け布団を私の身体にかけて、静かに寝室から出ていった。

6

翌朝、予定より早く退院した竹田さんがマンションへとやってきた。

城ノ内さんの今日からのスケジュールは、すべてキャンセルになったそうだ。

事務所の方針で、彼はしばらくマンションから動くなということだった。

当然のことながら、私が今回のスキャンダルに関与しているため、密着取材は中止。

臨時のマネージャーも、自動的に終了である。

これでもう、私が彼に会う理由はなにもなくなった。

そうなると余計、昨夜の彼とのやりとりが辛く感じられた。

彼は、私を大切にしようとしてくれていた。なのにどうして、私はあんな子供みたいな態度を取ってしまったのだろうか。

一晩中、私は城ノ内さんのベッドで身体を丸めていた。自分が情けなくて、結局ほとんど眠ることができなかったのだ。

そして私は、城ノ内さんと挨拶《あいさつ》もろくに交わせないまま、近くに張り付いているマスコミが少なくなったときを見計らって、竹田さんと一緒にマンションを出た。

竹田さんの運転する車の助手席で、私は頭を下げた。

「すみません、ご迷惑をおかけして」

すると竹田さんは、スポーツ新聞を差し出してくる。

「今朝、こんな感じで記事が出ましたが、木下さんの顔写真だけはなんとか伏せることができました」

「ありがとう、ございます」

スポーツ新聞の一面を飾った『人気俳優、城ノ内翔に一般人の恋人』という見出しの記事。

そこには、顔にモザイクのかけられた私が写っていた。

なんだか現実感が湧かず、ぼんやりと記事を眺めてしまう。

竹田さんは続けて、ネットの書き込みを見ないようにと言った。

「木下さんのことを、悪く書いている人がいるかもしれません」

「そうですよね。私が城ノ内さんの恋人じゃ……」

「木下さんがどうこうというわけじゃないんです。城ノ内さんはなにをしても、いろいろ書かれてしまいますから」

「……はい」

私はこのとき、竹田さんとの間に距離を感じていた。

「……竹田さん、お身体のほうはもう大丈夫ですか？　退院、予定より早くなってしまって……私のせいで申し訳ありません」

いたたまれなくてふたたび謝罪すると、彼はちらりとこちらを見て首を振った。

「いえ、大丈夫です。木下さんのせいではないので、お気になさらないでください」

竹田さんは、妙に平坦な声で続ける。

「今回、木下さんにはマネージャーを代行していただいただけでなく、相田詩織とのスキャンダルを揉《も》み消すことにまでご協力いただき、本当にありがとうございました」

「いえ……」

「一か月ほど経過しましたら、事務所のほうから二人は別れたと発表する予定です」

「えっ？」

「今後もできるだけご迷惑のかからないようにしていきますので、もう少しだけご辛抱ください」

「辛抱だ、なんて……そんなこと……」

私は突然、自分ひとりだけが野に放たれた気がして、寂《さび》しくなっていた。だけどこれが、城ノ内さんの事務所の見解なのだろう。

『ふざけてなんていない。俺はおまえと、本気で付き合いたいと思ってる。だから、マスコミになにを書かれたって構わない』

竹田さんは、城ノ内さんの言ってくれた言葉を知らない。

話したほうが、いいのだろうか――

だけど、昨夜は城ノ内さんとなにもなかった。彼だって、すでに心変わりしているかもしれない。

そう思うと、私から打ち明けることなどできなかった。

竹田さんは、もし私のアパートにもマスコミが大勢張り付いているようなら、ビジネスホテルを手配すると言ってくれた。

だけどアパートに戻ってみたら、ポツポツと記者らしき人は立っているものの、心配するほどの状況ではなさそうだ。

竹田さんが言ったように、世間の関心は城ノ内さんに向いていて、一般人の私にはさほど向いていないらしい。

竹田さんは、アパートの前を少し通り過ぎたあたりで車を停めた。

「もし困ったことがありましたら、いつでも事務所にご相談ください。それと今後、城ノ内との個人的な連絡はいっさい控えていただくようお願いします」

最後に彼はそう告げると、私を降ろして車を発進させた。

＊＊＊

編集部から自宅待機を命じられ、静かに過ごしていたが、思ったより早く騒動は落ち着きそうだった。

出社できるまでに、一週間もかからないのではないか。

そう楽観視していたのだが、数日経っても編集長からの電話はなかった。

もちろん城ノ内さんからも、連絡はない。

彼とのことは、すべてが終わってしまったのかもしれなかった。

家でひとり過ごしていると、ときどき胸がしめつけられるようにぎゅっと痛む。

しかし、竹田さんから城ノ内さんと連絡を取ってはダメだときつく釘を刺されていたので、こちらから電話やメールをすることはできない。

考えてみれば、トップスターの城ノ内翔が、なんの取り柄もない平凡な私と付き合ってくれるはずなどないのだ。

あのときは、スキャンダルに巻き込んでしまった手前、付き合おうと言ってくれたに違いない。

それなのに……

私は彼のことを諦めることができなかった。

はあ……

どうして、こんなに好きになってしまったのだろう。

私とは住む世界の違う人だというのに。

「城ノ内さんに、会いたい……」

城ノ内さんが向けてくれた、優しい笑顔が恋しかった。

彼の甘くてハスキーな声を、もう一度聞きたい。

「会いたい、会いたい、会いたいよ。城ノ内さんに会いたくて、仕方がないよ……」

気が付くと、私は彼の面影を追っていた。

私は自宅で待機している間、これまで得た彼の情報をまとめ、記事として書き起こすことにした。

こんな形で取材が中止になったので、『ウーマン・ビジネス』の誌面に城ノ内翔の特集が掲載されることはないと思う。

けれど彼の素顔をどうしても読者に知ってもらいたくて、私は無心に記事を書き進めた。

外に出ることもほとんどなく、アパートでひたすらパソコンに向かっていると、珍しく携帯が鳴った。

「嘘……」

それは、城ノ内さんからの電話だった。

私の胸はどきどきと高鳴る。

「もしもし？」

『俺だ』

「……は、はい」

電話の向こうから、彼のハスキーな声が響いてくる。私は嬉しくて、頬がかあっと熱くなった。

しかし彼は、少し不機嫌そうな声で言った。

『どうして連絡、してこなかったんだ?』

「え……」

私は彼の言葉の意図するところがわからず、首を傾げた。

もしかしたら、竹田さんが私に話したことを知らないのかもしれない。

『まだ、怒ってるのか?』

彼は私があの夜のことを怒っていて、連絡しなかったと思っているらしい。私は慌てて口を開いた。

「そんな! 違います」

『俺が悪かった。焦り過ぎたというか……おまえの気持ちを考えなかった。機嫌、直してくれよ』

「いえ、本当に私、怒っているわけでは……」

『ごめん』

「城ノ内さん……」

『すぐに電話しようと思ったけど、なんだか気まずくて』

「わ、わかります……」

『あれから周りも慌ただしかったし』

「はい」

『落ち着くのを待ってたら、今日になった。なあ、明日、出てこられないか？』

「あ、明日、ですか⁉」

予期せぬ城ノ内さんからの誘いに、私の胸はどきりと跳ねた。

『夕方から、スケジュールが空いたんだ』

「でも……」

『忙しい？』

「そうじゃ、なくて……」

喜びが湧き上がってくるとともに、彼と会ってもいいのだろうかという戸惑いが、私の心を乱していく。

『竹田が倒れたチャイニーズレストランの個室、覚えてるだろ？』

「あ、はい」

『そこに夜の七時。予約しておくから、俺の名前を出して』

「あの、でも」

『必ず、来いよ』

城ノ内さんはそう言うと、すぐに電話を切った。

もしかしたら、仕事の合間に連絡をくれたのかもしれない。

すぐにでも城ノ内さんに会いたかった。

だけど今の私は、自宅待機を命じられている身。うかつに外出はできないし、ましてや騒動の原因となった城ノ内さんと会うなんて――

頭ではそうわかっていたものの、心はどうしても彼を求めていた。

編集長に相談してみようか。

いや、そんなことできない。

私は一日中、彼と会うかどうか悩んだ。

そして、彼に会いに行こうと決めた。

今、城ノ内さんに会わなかったら、私は一生後悔するだろう。

翌日、私はいつもポニーテールにしている髪をまっすぐ下ろし、度の入ってない眼鏡をかけた。

仕事のときに着るスーツではなく、トレーナーにジーンズを合わせて、紺のトレンチコートを羽織る。

逸《はや》る気持ちを抑えながら、城ノ内さんと待ち合わせているチャイニーズレストランへと向かった。

＊＊＊

約束の時間の五分前に、レストランへ到着した。

店員さんに城ノ内さんの名を告げると、個室に案内してくれる。

城ノ内さんは先に来ていて、すでにテーブルについていた。彼はもう料理も注文したという。

私はコートを脱ぎ、部屋にあるハンガーラックにかけた。

そして椅子に腰かけて彼に尋ねる。

「竹田さんは、まだ駐車場ですか？」

考えてみたら、彼と会うのは一週間ぶり。だけどその一週間は、私にとってもっと長く感じられた。

彼に会えた喜びをひたすら隠し、なにげなく竹田さんの名前を出したのだけれど——

「いや、竹田は呼んでない」

「え……？」

私が目を見開くと、彼は不思議そうな表情を浮かべる。

「その、今日は城ノ内さんと二人きり、なんですか……？」

私は胸の高鳴りを覚えながらも、そんな無茶をしていいのだろうかと心配になった。

よくよく考えれば、竹田さんには城ノ内さんと連絡を取ってはいけないと言われていた。もし城ノ内さんが私と会うと言ったなら、竹田さんはそれを阻止するだろう。

事務所サイドは、間違いなく私との関係を切りたがっていたのだ。

竹田さんは、私たちが今会っていることを知らないに違いない。

私が戸惑っていると、城ノ内さんはどこかムッとした表情で口を開いた。

「どうしてそんなこと？」

「あ、その……待ち合わせがこのレストランだったから、です……以前は竹田さんもいました
し……それで竹田さんも、ご一緒なのかと……」

私はつっかえながらも、なんとかそう言ってごまかした。

「えっ？　あ、はい……」

「初めは俺のマンションにしようかとも思ったけど、おまえが変に警戒する気がして」

あの夜のことを思い出し、思わずうつむいてしまった。顔が熱くて、頬に手をあてる。

私は、視線をさまよわせながら彼に尋ねてみた。

「その……いいんですか？」

「ん？」

「私と会っていても？」

「どういう意味？」

城ノ内さんは、眉を寄せている。彼は、事務所の方針をまだ聞かされていないのだろう。

「……竹田さんのお話だと、一か月後、私たちが別れたとマスコミに発表するとのことでした」

「そんなこと言ってたのか、竹田が？」

「はい。だから私たちが、こんなところで会っているのを、もし誰かに見られたら……」

「ったく……」

城ノ内さんは小さく舌打ちをした。

「で、おまえの気持ちは、どうなんだ？」

彼の言葉に、私はぱっと顔を上げる。

「俺が付き合いたいって言ったの、覚えてるよな」

「もち、ろんです……でも、本気だったんですか？」

「あたりまえだ」

私はしばらく悩んだあと、正直な気持ちを答えた。

「……私も……城ノ内さんのことが好きです」

すると城ノ内さんは嬉しそうに笑う。

「それなら、もう小細工《こざいく》する必要はない」

「……？」

「これからは急に、ベッドに押し倒したりはしない。おまえの心の準備ができるまで、ゆっくり待つ。時間が取れたら、デートもするし」

「デ、デート……？」

「覚えてないのか？　自分が言ったこと」

そういえばあの夜、デートもしてないのにセックスはできないと言った気が――

「あ、あの、違うんです、あれは……」

私は、今、目の前で起きていることが信じられなかった。

トップスターの城ノ内さんが、私の初めての彼氏になってくれるなんて。

夢でも見ているようだ。

「……いったい私の、どこがいいんですか？」

「そうだな……素朴で純粋で、頑張り屋なところ？」

しばらく考えて、彼はそう言った。

「あとは、結構、俺のことを理解してるところ、かな」

「そ、そうでしょうか？」

「ああ。一緒にいると面白いし、逆にいないと気になって仕方ない。この一週間、どうしたらおまえが喜ぶだろうかって、考えてた」

「城ノ内さん……」

私は嬉しくて嬉しくて、言葉に詰まった。

「俺をこんな気持ちにした女は、おまえが初めてだ。傍にいてほしいと、心から思うよ」

「……」

彼の言葉を聞いて、涙が出そうになるくらい感動した。

人生で初めてできた彼氏は、私のことを優しく包み込んでくれた。

チャイニーズレストランで、城ノ内さんと私はいろんな話をした。

近々休みが取れるから一緒に出かけようと言われ、私は天にも昇る気持ちだった。

会話すべてが夢ではないかと思えるほど幸せを感じ、気を抜くと涙が流れそうで——

彼と別れて家に帰ると、すごく寂《さび》しくなってしまった。

だけど彼とデートする日がとても楽しみで、私は幸せな気分のまま眠りについた。

＊＊＊

彼と食事をした数日後、城ノ内さんからデートの日程について連絡があった。なんでも、来週には休みが取れるという。

思いのほか早く彼と過ごせそうで、私は嬉しくなった。

また、彼は私とのことを事務所に話したと言っていた。別れる気はないと、きちんと説明してくれたらしい。

まだ不安はあるが、私は幸せに包まれていた。

デート当日はどんな服を着ていこう。

そんなことを考えていると、携帯が鳴った。

液晶画面には、竹田さんの名前が表示されている。

彼とは、城ノ内さんと連絡を取らないよう釘を刺された日から会っていない。私はどこか後ろめたさを抱えながら、電話に出た。

「はい、木下です」

『すみません、木下さん。城ノ内さんのことで大至急、ご相談したいことがありまして――』

電話の向こうから聞こえてきた竹田さんの硬い声に、私は少し緊張する。

「相談、ですか……？」

『城ノ内さんには内緒で、事務所まで来ていただけませんでしょうか？』

「わかりました……」

私はすぐに承諾した。

おそらく、城ノ内さんとのことだろう。彼は私とのことを事務所に説明したと言っていたし。

いったい、どんな話なのだろう……

私は緊張しながら、六本木にあるダイヤプロモーションへと向かった。

＊＊＊

ダイヤプロモーションに着くと、以前、編集長と訪れたときと同じ会議室に通された。目の前には、深刻そうな顔をした貝塚社長と竹田さんが座っている。

「今日は木下さんに、折り入ってお話がありましてね」

社長がそう切り出した。

「なんで、しょうか……」

「城ノ内とのことです。木下さんはどうして、城ノ内と付き合おうと思ったのですか？」

固くなっていた私に、社長は質問する。

「もしかして城ノ内が、お金持ちでハンサムな人気俳優だからですか？」

「いえ、それは……」

「だったら、やめておいたほうがいい。別れたほうがいいです」

「あの……」

「このまま付き合ったとしても、あなたでは絶対、城ノ内と結婚できませんよ」

「え……」

「彼の両親が、ドイツに住んでいることはご存知ですよね」

「はい」

「お父様が、大使をされていることも？」

「いいえ」

「やっぱり、まだ話していませんでしたか……」

社長は溜息まじりに言った。

「城ノ内は、とても立派なご両親のもとで育てられました。素晴らしい家柄の人間なんです。今はあなたと付き合っていても、いざ結婚となれば、ご両親が許すはずがない。当然、同じような環境で育ったお嬢さんを望まれるからです」

「……」

突然そんな話をされて、私は困惑してしまった。

城ノ内さんのことは好きだが、結婚までしたいと考えていたわけではない。

飛躍しすぎではないかと思っていたら、社長はさらに言葉を続けた。

「あなたは、恋愛と結婚を分けて考えられますか？」

「えっ？」

「城ノ内だって、結婚するなら家柄の良い女性を選びたいと思っているはずです。失礼ながら、それはあなたではない。すなわちあなたと付き合うということは、単なる火遊びに過ぎないんですよ」

「火遊び？」

「違う言い方をすれば、芸の肥やしです。役者としての幅を広げるためには、一般の方とお付き合いすることも必要だと思っているのかもしれない」

「そ、そんな……」

社長の言葉が、重くのしかかった。

かといって、大好きな城ノ内さんとの別れを決断することだってできない。

私は大きく呼吸をして、心を落ちつけてから言った。

「わかりました。結婚のことは考えずに、お付き合いさせていただきます」

「な、いいんですか!?」

私の言葉に、社長は目を丸くする。

「はい。城ノ内さんのためになるのなら、火遊びでも芸の肥やしでも、私は全然……」

覚悟を決めてそう口にすると、社長と竹田さんは目配せをする。そして社長は、少し深刻な表情を浮かべた。

「実は、木下さん……。本当のことを申しますと……問題は、別のところにあるんですよ」

「問題？　と言いますと……？」

「城ノ内が今、海外への進出を控えているのはご存じですよね」

「ええ」

「現在は、その準備をしなくてはならない大切な時期なんです。世界に進出するには、お金だってかかります。だから今、あなたのような女性との恋愛ごっこで世間を騒がせている場合ではないんですよ」

「それは、どういう……」

「はっきり言いますと、遊んでいる女性のレベルでさえ、海外進出への切符に影響が出るんです」

「え……」

「決まりかけていたCMの仕事が、あなたとの交際を発表した途端《とたん》に流れてしまいました。オトナの男女をテーマにした、ファッションブランドのCMです。スポンサー曰《いわ》く、木下さんと付き合っている城ノ内には、あまり魅力を感じないと——つまり、センスが悪いと思われたわけです」

「わ、私のせいで、ダメになったんですか？」

「ええ。申し訳ないが、あなたではあまりにも平凡過ぎるんですよ」

「……」

社長の言葉にヘコんでいると、今度は竹田さんが口を開いた。

「前にも話したと思いますが、城ノ内さんはとても情の深い人なんです。今回付き合い始めたのも、例のスキャンダルに巻き込んでしまったからですよ。とくに愛情があったからではなく……」

「……」

そんなことはないと信じたい。

彼は確かに、私と一緒にいたいと言ってくれた。

だけど、『好きだ』とか『愛してる』とか言われたわけではないので、自信はもてない。

私がうつむいていると、社長が畳みかけた。

「木下さん、あなたがもし少しでも城ノ内に好意を持っているなら、彼の将来のため、身を引いてもらえないでしょうか」

「……っ」

おそらくこれこそ、今日ここに私を呼んだ目的に違いない。

「木下さんが今決断してくださらないと、城ノ内の海外進出への夢が消えてしまうんです」

「海外進出への、夢……？」

「城ノ内は不器用な男です。マスコミを利用して、自分を売り込むようなこともしない。だから、このままでは……」

「……」

私はなにも答えられず、黙り込んでしまう。

城ノ内さんとは別れたくない。だけど私の存在が彼の足かせになるのは、すごく辛かった。

「お願いします、木下さん」

「城ノ内さんのためなんですよ、どうか……」

貝塚社長と竹田さんから何度も頭を下げられ、結局、私は頷《うなず》くことしかできなかった。

「……わかり、ました……」

そのあと貝塚社長から、城ノ内さんとは二度と連絡を取らないよう言われた。

口約束だけでは心もとないと思ったのか、『誓約書』まで書かされる。

さらに、できれば職場を変えてほしいとお願いされた。

城ノ内さんが私に連絡できないよう、徹底したいらしい。代わりに、似た待遇で働ける出版社を紹介してくれると言われた。

しかし、私はそれを辞退した。

なんだか、ものすごく疲れてしまったからだ。

城ノ内さんの恋人になれた数日間は、夢のような心地だった。

が、やはり現実は甘くない。平凡な人生を送っていた私には、過ぎた夢だったんだと思う。

ダイヤプロモーションを出た私は、新井編集長に連絡し、すべてを打ち明けた。

そして、『ウーマン・ビジネス』編集部を辞めさせてほしいと頼む。退職したあとは、群馬の実家に帰るつもりだ。

編集長は私の気持ちをわかってくれたみたいで、渋々ではあったが退職を承諾してくれた。

翌日、私は新井編集長に会いに行き、これまで迷惑をかけたことを直接謝った。そして退職届と、城ノ内さんの密着取材原稿のデータを託《たく》したのだった。

＊＊＊

結局、城ノ内さんとは一度もデートできなかった。

それはとても心残りだったが、下手に思い出など作ってしまったら、いつまでも彼のことが忘れられなくなっただろう。

私は、これでよかったのだと思うことにした。

元気を出そうと自分を奮《ふる》い立たせるが、ダイヤプロモーションに呼び出された日から、食事が喉を通らない。

食欲はあるものの、食べた途端《とたん》、吐き気がするのだ。

自分で思っている以上に、身体は正直なんだと感じた。

編集長に退職届を渡した数日後、私は電車とバスを乗り継いで実家に向かった。

城ノ内さんへはなにも言わず、ただひと言だけ『田舎に帰ります。お元気で』とメールを送った。

そのあとすぐに携帯の電源を切ったので、彼から返事があったのかどうかはわからない。

生まれ育った家が遠くに見えてくると、最悪だった気分は少しずつよくなってきた。

新緑が広がる風景に、どこか安心できる草の匂い。

優しく髪を撫《な》でる爽やかな風と澄んだ空気。

自然の恵みが、荒《すさ》んだ気持ちを浄化してくれるのかもしれない。

私の実家は、小さなスーパーマーケットを経営している。自宅と隣り合わせになったスーパーの前の敷地には、車が二十台ほど停められる駐車場もある。

昼間は両親がスーパーで働いているため、家事は自宅にいる祖母の役割。たまに、祖父も手伝っている。六歳年下の弟がひとりいるが、他県の大学に通っているので家にはいない。

私は事前に帰省することを連絡しなかった。

東京から逃げるように帰ってきたのが気まずくて、私は父と母のいる店には顔を出さず、直接自宅へと向かった。

門をくぐったところにある庭には、松やみかんなどの木が植えられている。最近、物忘れが多くなった祖父が、植木を見渡すようにパイプ椅子に腰かけていた。

「おや、亮子。もう夏休みかい？」

まだ六月に入ったばかりなのだが、祖父はにこやかに尋ねてくる。

「うん、まあ」

私は祖父と二、三の言葉を交わしたあと、玄関の引き戸をガラガラと開ける。すると、懐かしい我が家の匂いが鼻をくすぐった。

古い造りの家のため、玄関ホールの床はセメントだ。小さな下駄箱《げたばこ》の上の一輪挿しには、庭に咲く紫陽花《あじさい》が飾られている。

私は履いてきたローファーを脱ぎ、あがり框《かまち》に脚を乗せた。「ただいま」と言いながら、少し軋む板敷きの廊下をゆっくり歩く。

十畳ほどの広さがある居間では、祖母が畳の上で両膝を伸ばし、テレビを見ていた。

「ただいま……」

私は遠慮がちに言った。

「おや、亮ちゃんかい⁉」

祖母は突然帰ってきた孫を見て驚いたが、すぐに満面の笑みを浮かべる。

「どうしたんだい？　びっくりしたよ」

「長い休みがもらえたから、帰ってきちゃった……」

「そうかい、そうかい。それはよかった」

祖母はさっそく立ち上がり、部屋の隅に重ねてあった座布団《ざぶとん》を私に差し出す。

「長旅で疲れたろ？　お茶でも飲むかい？」

「う、うん」

台所から私の湯呑みを持ってきた祖母は、居間の座卓の側にあるポットから急須にお湯を注ぎ、お茶を淹《い》れてくれた。

「ほら、私が淹れたお茶は美味《おい》しいよ」

祖母はどこか誇らしそうだ。

「ありがとう」

私は湯呑みを受け取り、そっと口をつけた。

「うん、美味しい」

「ふふ。それより亮ちゃん、大変だったね。男前の俳優さんと……」

祖母の言葉に、私は息を呑む。

「じょ、城ノ内さんのこと？　でも、なんの関係もないのよ」

私はすぐに否定する。祖母まで今回のスキャンダルを知っていたとは驚きだ。

「そうなんだってね。テレビで亮ちゃんを見て、素敵な人ができたって喜んでたら、お母さんが全部お芝居だって教えてくれたよ」

「あ、うん」

例の騒動のあと、自宅待機をしていた私に母から電話があった。

興奮する母に、『あれは全部お芝居』だと説明した。

「あのときは雑誌の取材をさせてもらう代わりに、マネージャーの仕事を手伝ってて。それで協力することになったの……」

「協力？」

「うん。ちょっと、ね」

私は妙に恥ずかしくなって、うつむいた。すると祖母は残念そうに話す。

「実はばあちゃん、あの城ノ内さんっていう俳優さんのことが好きだったんさ」

「そうなの？」

「亮ちゃんは何回か、会ったことがあるんだろ？」

「まあ」

「やっぱり実物は、テレビよりも男前かい？」

「どう、かな……」

祖母の口から城ノ内さんの名前が飛び出すたび、痛む胸がさらに締め付けられた。きゅんと苦しくなってしまう。

「しばらくは、こっちにいられるのかい？」

「うん」

「なら今夜は、ご馳走《ちそう》だね。そうだ、亮ちゃんのお布団、干しておかないと……」

祖母は思い付いたように、立ち上がった。

「いいよ、私があとでやるから」

「東京から帰ってきたばかりで、疲れてるだろ。ばあちゃんが干しとくから、亮ちゃんは少し昼寝でもしたら？」

長年この家の家事をひとりでこなしてきた祖母は、私を労《いた》わるように二階へと向かう。

「ありがとう……」

なぜか急に、涙があふれだした。

東京でのひとり暮らしが長かったせいだろうか。家族のぬくもりが身に染みる。

自分の居場所がまだここに残っていたことに、素直に感謝した。

7

ひとり暮らししていたアパートをそのままにして実家へと帰ったが、城ノ内さんのいる東京へはもう戻るつもりはなかった。

それでも私は、勤めていた出版社を辞めたことを、しばらく家族に告げられずにいた。

話せたのは、実家に戻ってから一か月近く経った頃。

そしてそのあと、東京のアパートをようやく引き払ったのだった。


とある雨の日――

母が私に、お見合いをしてみないかと言い出した。

相手は地元の大学を卒業し、親から受け継いだガソリンスタンドを二つも経営しているという。三十五歳で、温厚な性格の優しい人らしい。

このあたりでは、普段の生活の交通手段はほとんどが車。だからガソリンスタンドを経営していれば、安定した収入が得られる。

これまで母は、私に結婚をすすめたことなどなかった。それでも娘には、苦労のない人生を歩ませたいようだ。仕事を辞めたのだから、とにこにこしながら言った。

「どう？　感じのいい方でしょ？」

「そう、ね……」

私はお見合い写真をじっと見つめる。確かに、優しそうな人だ。

「亮ちゃんもそろそろ、結婚を真剣に考えなくちゃね」

「うん……」

頷《うなず》いたものの、ようやく城ノ内さんとのことから立ち直り始めたばかりで、とても他の人との結婚を考える余裕はない。

「……やっぱり、したほうがいいよね？　お見合い」

私はうつむきながら聞いた。

「気が進まない？」

「どちらかと、いうと……」

「そう。でも、会ってみるだけ会ってみたら？　会って嫌だったら、断ればいいのよ」

「……」

結局私は、その相手の人と会ってみることにした。

「よかったわ。すぐに叔母さんに電話しなくちゃ」

母はウキウキした様子で、お見合いを仲介してくれた叔母に連絡を取った。

結婚なんて、案外こんな感じで決まっていくものなのかな……

私はふと、そんなふうに思った。


母との話を終えて外に出てみると、朝から降っていた雨がやんでいた。

厚い雲に覆われていた空が、明るくなり始めている。

スーパーマーケットの駐車場に何気なく目をやると、そこには見たこともない派手なスポーツカーが停まっていた。どんよりとしたお天気とは正反対の、鮮やかなスカイブルー。

こんな田舎にも、すごい車に乗って小さなスーパーへ買い物に来る人がいるらしい――

私は不思議な気持ちで、そのスポーツカーを眺めていた。

すると――

中から人が降りてくる。

すらりとした長身に、長い脚。サングラスをかけたその男性は、ゆっくりと私のほうへ向かってきた。

「城ノ内、さん……?」

信じられない思いで、私は彼を見つめる。

「久し振り」

「どう、して?」

「おまえに会いに来た」

「え……」

呆然とする私に、城ノ内さんは数日前に発売された『ウーマン・ビジネス』の最新号を差し出す。

「読んだか？」

「いえ、まだ」

気にはなっていたが、私はまだ『ウーマン・ビジネス』を手に取れるほど立ち直れてはいなかった。

「すみま、せん……」

私が謝ると、城ノ内さんは首を横に振って口を開いた。

「ありがとう」

彼の意外な言葉に、私は首を傾げる、

「なにが、ですか？」

「いい記事を書いてくれて」

「は？　あの、どういう……」

私は慌《あわ》ててページを捲《めく》った。すると巻頭に、城ノ内翔の特集記事が掲載されている。退職届と一緒に編集長に渡した私の取材記事だ。

「使って、もらえたんだ……」

そこには八日間、私が傍で見ていた城ノ内翔の魅力がたっぷりと紹介されていた。俳優として真摯《しんし》に芝居と向き合う素顔や演技へのこだわり、常に努力を惜しまない姿勢、彼がファンやスタッフを大切にすることまで。

この記事を読めば、彼のスキャンダルや私生活にばかり関心を示していた人でも、きっと俳優としての城ノ内翔の素晴らしさに気付いてくれるはずだ。

「おまえが書いてくれた記事のおかげで、俺の好感度が少し上がったようだ」

「本当ですか？」

私は喜びで目を見張る。

「でも、どうして私がこれを書いたと？」

「読めばわかるさ。念のため新井編集長にも直接会って、話を聞いた」

「え……」

「うちの社長がおまえを呼び出して、俺と別れろって迫ったんだって？」

「あ、でも……」

「どうして教えてくれなかったんだ？」

「城ノ内さん……」

彼は大きく息を吐いた。

「社長には、はっきり言ったから」

「なに、を……?」

「これ以上、俺のプライベートに干渉するなって。今度そんなことをしたら、事務所を移ると脅しておいた」

「……」

「だからもう、二度と俺の前から消えたりするな。わかったな」

「……は、はい」

全身の力が、すーっと抜けていくようだった。緊張の糸が、ぷつりと切れてしまったらしい。私は嬉しくて、思わず涙をこぼしてしまう。

「意地っ張りだな、ったく……」

そんな私を城ノ内さんは、優しい眼差《まなざ》しで見つめていた。

東京から実家に戻った直後にはたくさん携帯に入っていた彼からの着信も、出ずにいるうち、ここ最近はほとんどなくなっていた。自分から身を引いたにもかかわらず、城ノ内さんの関心がもうないことに、どこまでも寂《さび》しさを覚えていたのだ。

一方的な別れ方を今さら後悔したり、消極的な性格の自分を責めてみたり。とにかく一日たりとも、彼のことを思わない日はなかった。

また、会えるなんて……

夢を見ているようだった。トップスターである城ノ内さんが、わざわざこんな田舎まで来てくれるなんて、想像もしなかった。

私は感激のあまり、また涙をこぼしてしまいそうになる。

私たちがスーパーマーケットの駐車場で向かい合っていると、祖母が家の中から出てきた。

「亮ちゃん、お客さんかい？」

こちらに向かってゆっくり歩いてきた祖母は、城ノ内さんの姿を認めて目を丸くする。

「もしかして、テレビに出ているあの人じゃないのかい⁉」

「初めまして、城ノ内翔と申します」

城ノ内さんはサングラスを取って、祖母に挨拶《あいさつ》した。

「そうだ、そうだよ。あらぁ、これは驚いた。やっぱりあの、城ノ内さんだわ……」

祖母は大袈裟に手を叩いて喜んだあと、彼に尋ねた。

「こんな田舎まで、わざわざ遊びに来てくださったんかい？」

「はい。突然お邪魔して、すみません」

城ノ内さんは、照れくさそうな表情を浮かべて白い歯を見せる。

「うわーっ、大変だ、大変だわ。とにかく、家に上がってください。なにもお構いはできませんが」

「でも、ばあちゃん。城ノ内さんは忙しい方で……」

私は制止の声をかけたけれど、祖母は彼を強引に家の中へと引っ張り込んだ。

＊＊＊

テレビに出ている俳優さんが、いきなり我が家にやってきたのだ。その日の夜、家族はすっかり舞い上がってしまった。

祖母と母は親戚が来たときに使う大きなテーブルを出して、ありったけの食材で食べ切れないほどの料理を作った。父は、城ノ内さんとお酒を飲みたいという。

彼は、東京からここまで車でやって来た。

飲んだら帰れなくなるからと止めたものの、父は「少しだけ飲めばいい」「酔いが醒めてから帰ればいい」などと言って、城ノ内さんにお酒をすすめた。

断ってくれたって構わないのに、彼も父と同じペースで飲んだ。

結局帰れなくなった城ノ内さんは、我が家に泊まることになった。明日は昼過ぎまでスケジュールが空いているらしい。

祖母は、二階にある弟の部屋に、城ノ内さんの布団を敷いた。弟は、他県の大学に通っているので今は実家にいない。

弟の部屋は、私の部屋の隣だ。別々の部屋で寝ることに少しだけ寂《さび》しさを覚えたが、ここは実家だし、むしろ同じ部屋に布団を敷かれたほうが恥ずかしいと思い直した。

酔いが醒めた頃、城ノ内さんには先にお風呂をすすめ、両親と祖母のあとに、私もお風呂に入った。

かなりお酒を飲んでいたし、彼は弟の部屋でぐっすり眠っているだろう。

お風呂から上がった私は、足音を立てないように階段を上がった。短い廊下を歩き、自分の部屋に入る。そして電気を消して布団に転がった。

ふう……

六月だと昼間は汗ばむ陽気だが、ここは田舎なので、夜は涼しくて過ごしやすい。

私はタオルケットを胸までかけて、目を閉じる。だけどそのとき――

「もう寝たのか？」

ささやくような声に薄目を開けると、城ノ内さんが私の部屋の襖《ふすま》を少し開けて、顔を覗かせている。

「なにか、ありましたか？」

驚いた私は、慌てて上半身を起こす。

「眠れないんだ」

「暑いですか？」

「そうじゃ、なくて……ちょっと。入ってもいいか？　話がしたい」

「あ、はい……どう、ぞ」

弟のTシャツとジャージのズボンを身に付けた彼は、襖を静かに閉めて部屋の中へと入ってくる。

私は立ち上がり、電気をつけようとしたが、そっと止められた。

「そのままで」

私が布団の上に正座すると、彼は私の前に腰を下ろして胡坐《あぐら》をかいた。

「あの、話、って……？」

「あ、うん」

真っ暗な部屋で向かい合っていると、どきどきしてしまう。

ふと、今の自分の格好を思い出して顔が熱くなった。

電気、つけなくて本当によかった……

私は寝るとき、ブラジャーを付ける習慣がない。今はTシャツしか着ていないから、明るい場所だと、胸の先がバッチリ見られてしまうだろう。それに、部屋着以外では穿《は》かないショートパンツ姿だし……

そんなことを考えていた私に、城ノ内さんは尋ねた。

「……こっちに帰ってきてから、なにしてたんだ？」

「それは……」

室内の暗さに目が慣れてくると、窓からさしこむ月明かりだけでも部屋の様子がわかる。

目の前には、彼のハンサムな顔がある。

私は少し嬉しくなって、彼をじっと眺めながら質問に答えた。

「とくにはなにも。本を読んだり、家の手伝いをしたりしていました」

「寂《さび》しくなかった？」

「それは……」

「俺に会えなかったのに？」

「……」

そんなこと、直球で聞かないでほしい。私は込み上げてくる気持ちを抑えながらも、なんとか平静を装った。

「城ノ内さんには、夢を叶えてほしいんです。そのとき、私は邪魔になるから……私なら、平気です。それにもうすぐ、お見合いでもしようかと」

「見合い？」

「母にすすめられてるんです。だから……」

すると城ノ内さんは、いきなり私の身体を抱き寄せた。

「あ、の……」

「見合いなんか、やめろ」

「え……？」

「俺じゃ、だめ？」

「その、意味がわからな……」

「俺にしとけよ」

「本気、なんですか……？」

「もちろんだ」

城ノ内さんは真剣な眼差しを私に向けて、唇を押し付けてきた。

やわらかい唇の感触に、私の心拍数は一気にはね上がる。

「んっ……」

唇の間をこじ開けられて、歯列をそっとなぞられる。彼の舌は私の上顎《うわあご》を執拗《しつよう》にくすぐり、激しく口腔をかき乱した。

「ん……ぁっ」

突然の濃厚なキスに戸惑いながらも、私の胸は喜びで満たされていく。

——ぴちゅ、くちゅ。

唾液が混じり合う卑猥《ひわい》な水音が、静かな部屋に響きはじめた。

「や……んぅ……」

下の階で眠っている家族に聞こえないだろうかと冷や冷やしながらも、久し振りの彼との甘い口づけに気持ちが高揚していくばかり。

「あっ……んっ、ぁっ」

舌を絡《から》ませ合っているうちに、どんどん気分が淫《みだ》らになっていく。

肩に置かれていた彼の手が、私の腕をさわさわと撫《な》でる。彼はゆっくりと手を滑らせて、私の手をきゅっと握ったあと、今度は腕の内側をゆっくりさすった。

「やんっ！」

城ノ内さんの指先が、Ｔシャツの上から胸の中心に触れる。

「そこ、は……んっ、だっ……だ、め……」

「どうして？」

抵抗を試みたものの、それはただの甘い吐息となって消えた。

彼は小さく微笑んだあと、敏感なその先ばかりをツンツンと指先で弾いてくる。きゅっとつままれたり、悪戯《いたずら》に転がされたり――

「やっ、はぁ、んっ……だ、だめ……です……」

「こんなに感じてるのに……？」

「だって……」

頂《いただき》は恥ずかしいほど勃《た》ち上がってしまい、Ｔシャツの上からでもその硬さがわかる。そこを刺激されるたびに、下肢がもぞもぞと疼《うず》いた。

城ノ内さんは大きな手のひらで膨らみを包み込むように、薄い布の上からやわやわと乳房を揉《も》んでいく。

「うっ……んぁ……」

いつしか私の下半身は、悩ましく反応していた。

彼は入念に乳房を揉《も》みしだきながらも、ときおり硬くなった頂に、ツン、ツンと触れる。私の身体は、快感でわなないた。

「く……ふぅ……だ、め……っ、やぁ……」

絶妙な指遣いに、喘《あえ》ぎ声を抑えることができない。

「気持ちいい、くせに……」

指を休ませることなく、城ノ内さんは勝ち誇ったように微笑んだ。そして私の身体を布団にそっと押し倒す。

「んっ、だめ、家族が……」

「わかってる、けど……もう我慢できない」

「やぁっ、んっ……」

「気持ちいいんだろ？　本当は、もっとエッチなことがしたいくせに」

彼はTシャツを、胸の上までまくり上げる。

「ひゃん！　だめ、ですって……ホン、ト……に……」

「少しだけ、だから……」

でも彼は私の言葉に構わず、膨らみの中央にツンと勃った赤い蕾《つぼみ》を口に含む。

「あんっ、ぅんっ……あ……っ」

彼の舌が蠢《うごめ》くたびに、私の身体はぴくぴくと反応した。

「んっ……だ、めぇ……」

城ノ内さんのざらついた舌が敏感な頂《いただき》を押し潰すと、快感が駆け抜ける。

全身が熱くなり、お腹の奥が何度ももどかしく疼《うず》いた。

「あっ……う、んっ……」

彼の悩ましげな愛撫に、私は身悶《みもだ》える。

下肢から、いけない蜜がこぼれ出しているのがわかった。

で、でも、家族が眠る家で、こんなエッチなことをするのは——

ふと罪悪感が湧き上がり、私は口を開く。

「あの……じょ……城ノ内、さん……」

「ん？」

「だか、ら……やん……っ」

それでも私は、彼の行為を拒むことができなかった。頭ではだめだと思っていても、身体はもっと先を知りたがっている。

彼と、初めてのことを、してみたい……

そんないけないことを考えていると、彼はさらに私の胸を攻めた。

「やっ……もう、変に……なり、そう……っ」

脚と脚の間が、淫《みだ》らに疼く。自分でも、ショーツがぐっしょりと濡《ぬ》れているのがわかった。

「亮子が感じてくれて、嬉しいよ」

「え……」

城ノ内さんが、初めて私の名を呼んでくれた。私は嬉しくて、胸がじーんと熱くなる。

「んんっ……はあ、んぁ……」

彼はふたたび蕾を口に含んで、それをきゅっと甘噛みした。

「やぁ……んんぅ……っ」

お腹の奥から、痺《しび》れるような快感が湧き上がってくる。

城ノ内さんは、やがてその手をゆっくりと下に移動させた。お臍《へそ》を撫《な》でたあと、むきだしの太腿《ふともも》に伸びる。

「や……う、んっ……」

彼は内腿をさわさわと撫でまわし、ショートパンツの裾の下から脚の付け根を触った。

「あ……、や、あぅん……」

彼の手が、ショーツラインの縁を行ったり来たりする。

「んっ……くぅ、や……っ」

もどかしくて、たまらない。先程から疼《うず》いている中心を触ってほしいけれど、自分の口からそんなことは言えなかった。

腰をもぞもぞ動かしていると——

「どうする？　触っても、いい？」

彼に尋ねられて、私は戸惑う。

「え……」

「すごく、濡《ぬ》れてるみたいだから……」

胸元にキスの雨を降らせていた彼が、意地悪く笑って首を傾げた。

「ん？」

「……」

羞恥心をこらえ、黙り込んでいると、彼は答えを待ちきれなかったのか、ショーツの上から大切な場所にツンと触れた。

「あんっ！」

彼の指先は、そのままショーツの上をゆっくりとこすり上げる。

「や……うっ、あっ……だ、めぇ……」

しばらく前後に動かしたあと、今度は薄い布の上からその奥を探るように、指先を押し入れてきた。

「あ、あぁ……や……もう……」

彼の指が蠢《うごめ》けば蠢くほど、蜜があふれてきた。

「だめ、です……きゃ、んんっ……」

「気持ちよくは、ない？」

「ん……気持ち、いい、です……けど……」

息が乱れて、そう呟《つぶや》くのが精一杯だ。

「だったら……」

脚の付け根から、いきなり指が侵入してきた。ショーツの中の大切な場所を、彼が探り出したのだ。

「ひゃん！　う、ううっ……」

城ノ内さんの長い指が、私の敏感な部分を這い回る。

「あんっ……くっ……やぁん！」

彼の指が膨らみ始めた蕾《つぼみ》をとらえた瞬間、甲高《かんだか》い声が出てしまった。

「あん……そんな、とこ……」

もっとも感じる部分を指先で執拗《しつよう》にこすられると、どこまでも淫《みだ》らな気分になってしまう。

「だめぇ……ホント、に……」

彼は何度か蕾《つぼみ》を押し潰したあと、ぷつりと蜜口の中に指先を進めた。

室内に、くちゅくちゅといういやらしい音が響く。

「あんっ……いや、ぁん……」

城ノ内さんは、ゆっくりと指を出し入れする。そのたびに、蜜が音を立ててしたたり落ちた。

「気持ち、いいです……あんっ、でも……城ノ内、さん……っ」

あまりの快感に、思わず腰が浮き上がる。

——だけど、ふいに彼の指の動きが止まり、私は首を傾げた。

「城ノ内さん？」

「翔さんって呼ばないと、これ以上、気持ちよくしてやらない」

「え……」

「ほら」

「……」

「じゃあ、そろそろ、やめる？」

「そ、そんな……いじ、わる……」

「だったら、翔さんって呼んで」

彼は小さな笑みを浮かべた。

「ん？」

「……翔、さん……？」

ついに私は彼の名前を呼んだ。

「いい子だ」

翔さんは満足そうな表情をして、私の下着をショートパンツごとずり下ろした。

「きゃあ！」

驚いた私は、大きな声を上げてしまった。あまりにも恥ずかしくて、側にあったタオルケットで慌《あわ》てて下半身を隠す。

「真っ暗だから、見えないよ」

「で、でも……城ノ内さん……」

「翔さん、だろ？」

「あ、はい……翔さん」

彼はタオルケットを取り払い、胸元からお腹にキスを落としていく。そしてついに、お臍《へそ》の下の薄い茂みに淫《みだ》らな口づけをした。

「なな、なにを？」

「ん？　亮子のこと、もっと気持ちよくしてやるよ」

「あ、でで、でも……」

そのうち彼の艶《なま》めかしい唇は、私の脚と脚の間に辿り着いた。

「ひゃ、っあ！」

ハンサムな彼の顔が、私の股間に埋まっている。そのことに、私はすごく戸惑った。

「いやっ……ぅん！」

「大きな声出すと、下に聞こえるよ」

「だ、だって！」

翔さんは、ちゅっ、ちゅっといやらしい音を立てて、私の秘所に口づける。

「やんっ、あ……んんぅ……」

「もう少し脚を開いて。膝を立ててくれると、やりやすいんだけど」

「ええっ？　そ、そんな……」

私が脚を閉じようとしたら、彼はそれを押し開いて抱え込んでしまった。

「ふ、ぅ……あんっ、だめ、変に……なる……！」

「気持ちいいだろ？」

満足そうに微笑んで私の秘所を舐め回す翔さんに、私は抵抗する。

「あんっ、で、でも……、やっぱり汚いです。恥ずか、しいし……あっ、そんなこと……しちゃ……だ、だめぇ……ですよぉ……」

「汚くないよ。亮子、可愛いな」

彼はそう言って、蜜口に舌を伸ばした。

「う、ぅそ……やんっ！」

翔さんの舌の動きに翻弄《ほんろう》されて、私は何度も腰をよじった。

「んんぅ……はん、や……」

じんじんと波打つような疼《うず》きが、全身に広がっていく。

彼はざらついた舌でぺろぺろと秘所を舐め上げ、さらにはちゅっ、ちゅーっと音を立てて強く吸った。

「あぅ……だ、だめ……っ」

生々しい舌の感触が堪《たま》らない。

「そんな、こと……あぁ……」

蜜がどんどんあふれだして、背筋がぶるりと震える。

「やぁ……」

何度も何度もその部分だけを攻められて、身体の奥から快感が湧き上がってきた。

「あんっ……やぁ……だ、だめぇ……ぁあん……」

自分が今どこにいるかさえも忘れてしまいそうだった。

「あっ、く……いぃっ……」

快楽に支配されて、私はつま先をぴんと伸ばしてしまう。

舌だけで、こんなにも感じてしまうなんて……

翔さんとなら……最後までしたい。もっともっと、気持ちよくなりたい。

気が付くと私は、そんなはしたないことを考えていた。

――しかし、そのとき。

ニャオ、ニャーオ。

バタバタバタッ……ガタンッ！

窓の外から、騒がしい音が聞こえてきた。

「なに？」

翔さんが、驚いたように顔を上げる。

「あ、猫、みたいです……」

「猫、か……」

「はい……」

我に返った私は、恥ずかしくなって顔を逸らした。翔さんも、少し気まずい様子で私と距離を取る。

「ごめん。やっぱり、ここじゃ……」

「……は、はい……」

「だけど亮子、次は最後までしような」

彼は私に優しいキスを落とすと、静かに隣の部屋へと戻っていった。

＊＊＊

翌朝、私よりも早く目覚めた翔さんは、朝食の前にひとりでこのあたりを散歩してきたらしい。

「自然に恵まれた土地で育ったから、亮子は素直で優しいんだな」

彼からそんなことを言われて、私はうつむいた。たぶん、顔が赤くなっていると思う。

祖母と母は、また張り切って朝食を用意していた。

普段、テレビや映画でしか見ることのできない俳優さんがこんな田舎まで来て、泊まってくれたのだ。家族は大満足のようだった。

朝からそんなに食べられないよ……

私は少し呆れてしまったが、翔さんはにこにこしながら、美味《おい》しいと朝食を食べてくれた。


昼過ぎから仕事が入っているという翔さんは、朝食を食べ終えると帰り支度を始めた。

祖母は翔さんに持って帰ってほしいと、タッパーにおかずをたくさん詰めて渡していた。まるで自分の孫に持たせるみたいに。

準備を終えた彼は家族に挨拶《あいさつ》をして、車の停めてある駐車場に向かった。

「うちの家族がいろいろとごめんなさい。それに、荷物も増やしちゃって……」

祖母が用意したタッパー入りの紙袋を眺めながら言うと、彼はにっこりと笑った。

「いや、楽しかったよ。それに、おかずもありがとう。打ち合わせのとき、スタッフたちといただくから、おばあちゃんによろしく言っておいて」

翔さんは、スポーツカーの鍵を開けて運転席に乗り込む。そして、ふと眉間に皺《しわ》を寄せて尋ねてきた。

「これからどうするんだ？　東京に戻るつもりはないのか？」

「はい。もう、会社も辞めてしまいましたし。しばらくはここで、両親を手伝うことにしようかと……」

「だったら今度こそ、携帯の電源は切るな。寝る前に今日一日なにをしたのか、メールすること。わかった？」

「は、はい」

「返信はできたら、するけど……実はこのあと、大きな仕事が入っていて。忙しくなるから、しばらくは会えないかも」

「私、会いに行っちゃダメですか？」

「気持ちは嬉しいよ。でも、長期間、東京を離れることになりそうなんだ」

私は心のうちで大きく息を吐いた。

「ここが俺の正念場だから」

「……」

「応援してほしい」

「……はい」

とても寂《さび》しかった。だけど私は、次にいつ会えるのかを聞くことができなかった。

重い女だと思われて、彼に負担をかけたくなかったからだ。

「だけど必ず、亮子を迎えに来るから」

「え……」

「俺を信じて、待ってて」

「本当、に？」

「約束するよ」

「翔さん……」

私は精一杯の笑顔を作って、彼を送り出すことにした。

翔さんを信じていれば、どうってことはない。不安だと感じるのは、彼の気持ちをどこかで疑っているからだ。大丈夫……

「運転、気を付けてくださいね」

「ああ」

私は少しずつ遠ざかっていく翔さんの車を、いつまでも見つめていた。

8

翔さんが帰ったあと、母にすすめられた見合いの話は断ってもらった。理由は聞かれなかったけれど、母は何か感じ取っているのかもしれない。それ以降、特に結婚の話をしなくなった。

翔さんとの約束通り、私は一日の終わりに彼へメールを送った。

彼からは何度か電話があったものの、やがて連絡は途絶えてしまった。

彼の仕事に対する真っ直ぐな姿勢はわかっているので、私は心配するのをやめて、ただ信じて待つことにした。

だけど、どうしても寂《さび》しさを抱いてしまう。

——そんなある日。

テレビのワイドショーで、彼がアメリカに渡ったことを知った。なんと海外映画への出演が、正式に決まったらしい。

この映画の出演者たちは、海外で活躍している話題の俳優ばかり。監督も、何度か映画の賞を取ったことのある有名な方だ。

ワイドショーの情報によると、翔さんはアメリカに長期滞在して、映画の撮影に臨《のぞ》むらしい。

彼ならきっと、たくさんの観客を魅了する素晴らしい演技を見せてくれると思う。

翔さんが海外で頑張っているというのに、私ばかりくよくよしてはいられない。

会えないのは寂しいけど――遠い日本から、彼の成功を祈り続けた。


――翔さんと最後に会った日から半年が過ぎた。

彼からの連絡は依然としてなかったが、それでも私は毎日メールを送り続けていた。

今日なにをして過ごしたか、最近どんな本を読んだか、そして『頑張って』というメッセージ。

彼が今どうしているのか、私のことをどう思っているのか――

聞きたいことはたくさんあったけど、私は翔さんの仕事の邪魔にならないように、必死に本音を隠した。

ときおり情報番組やワイドショーで、彼が出演する映画の撮影風景を目にした。

他の役者さんたちと親しげに話す様子、いきいきと演じる姿に、不安が募《つの》る。

海外育ちの翔さんは、外国のほうが過ごしやすいのだろうか――

先日、翔さんの出演するシーンの撮影がすべて終わったと報道されていた。間もなくすべての撮影を終えて、クランクアップを迎えるという。

だけど翔さんが帰国するという話は報じられなかった。

翔さんはまだ、アメリカにいるのだろうか――

私のメールは、見てくれている……？

翔さんに会いたい……

＊＊＊

あと二週間ほどで今年が終わろうとしていた。

実家のスーパーマーケットは、小さいながらも年末になればさすがに忙しい。大型スーパーマーケットまでは車でも少し距離があるため、周辺に住む人たちはうちを利用してくれている。正月休みに向けて、食材を買いだめしていくお客さんが多かった。

最近、私は父の代わりに店で働いている。以前に患《わずら》ったヘルニアが再発したらしく、父の調子があまりよくないからだ。

力仕事もあるので大変だが、忙しく働いていると、翔さんのことが少しでも忘れられる。私は、毎日くたくたになるまで仕事をした。

その日のお昼休み、自宅へ戻って食事を取ろうとしたところ、祖母の姿がなかった。祖父がひとりでコタツに入っている。

「ばあちゃんは？」

「ばあさんは、近所へ行ったんさ」

「そうなんだ……」

私は台所でご飯とお味噌汁を器によそい、祖母の用意してくれたおかずと一緒に居間へ運んだ。

そして祖父と同じようにコタツへ脚を入れて、テレビを見ながら食べ始める。

ちょうどお昼のワイドショーの時間だった。

なにげなく見ていたのだが――次の瞬間、画面に釘付けとなる。

城ノ内翔がアメリカでの撮影を終えて、帰国したというニュースが流れていたからだ。


『お帰りなさい、城ノ内さん。ハリウッドでの撮影はいかがでしたか？』

翔さんは空港でマスコミに囲まれ、マイクを向けられている。

長身でスタイルのいい彼は、空港内を歩くだけでも目立つ。屋外での撮影が多かったのか少し日に焼けていて、微笑んだときにちらりと覗く歯がより白く見えた。

よかった……

私は元気そうな翔さんの姿を見て、まずは安堵した。

彼は映画の撮影を無事に終えて、日本に戻ってきたようだ。

私の胸はじーんと熱くなる。

『撮影はいかがでしたか？』

『次回作の話などは？』
しかし、マスコミからどんな質問をされても、翔さんは苦笑するだけだ。
『今回は一時帰国だと聞いていますが、どのくらい日本にいらっしゃるのですか？』
一時帰国……？
私は記者の言葉に、思わず息を呑んだ。
翔さんは、またすぐアメリカに行ってしまうというのだろうか――
なにも知らされていない私の胸に、不安が広がっていく。
すると翔さんは、ようやくマスコミに向かって口を開いた。
『会いたい人がいるので、一度帰ってきました』
『会いたい人、ですか？』
『ええ』
『それは、どなたです？　日本にいらっしゃるんですよね』
『はい。誰よりも、大切な人です』
『もしかして恋人ですか？』
『教えてください、城ノ内さん！』
しかし翔さんはただ微笑むだけで、それ以上はなにも答えなかった。
彼が言った『誰よりも、大切な人』って、まさか私のこと――？

けれど喜びに胸が震えた次の瞬間、不安に襲われてしまう。

翔さんは、今朝早くに空港へ到着したらしい。しかし今はもう十三時を回っている。

もし私に会いたいのなら、連絡があってもいいはず。

私はすぐに携帯を確かめてみたが、彼からの連絡はなにも入ってはいなかった。

急に食欲がなくなって、箸を静かに置く。そして私は、すぐにテレビを消した。翔さんに関するなにか別の真実を知るのが、怖かったからだ。

結局、ほとんどお昼を食べず仕事に戻った。


午後の仕事を再開したものの、集中できず散々だった。

店でレジを打っていても、キーを打ち間違えてばかり。

「どうかしたの？　亮子さん？」

別のレジを担当していたアルバイトの主婦が、心配そうにこちらを見ている。

「体長が悪いの？　風邪かしら？　最近、流行《はや》ってるものね。大丈夫？」

「そうじゃ、ないんですけど……いえ、大丈夫です……」

もちろん風邪などではない。翔さんのことが気になって仕方がなかったからだ。

私は大きな溜息をつき、視界に入ったお客さんに声をかけた。

「いらっしゃいませ」

すると――

「ただいま……」

「え……？」

懐かしい声に、私は慌《あわ》てて視線を上げる。

「……翔、さん……？」

サングラスにニット帽を深く被った翔さんが、穏やかな笑みを浮かべながら私の前に立っていた。

「どう、して……？」

「なにをそんなに驚いているんだ？　おまえを迎えに来るって約束しただろ？」

「だって……」

今にも、涙があふれだしそうだ。

少しの間、彼と見つめ合っていたのだけど――

「もしかして、俳優の城ノ内翔さんじゃないですか!?」

アルバイトの主婦が彼に気が付いたらしい。サングラスをかけていても、翔さんの存在感は圧倒的だ。

「ええっと……人違いですよ！」

私は慌《あわ》ててそう言い、翔さんを引っ張って店の奥まで連れていった。そして、低い天井に蛍光灯が一本しかないスーパーの倉庫へ押し込む。

缶詰やら乾物やらが入った段ボール箱が並ぶ倉庫に連れ込まれた翔さんは、不思議そうな顔をしていた。

「嬉しくないのか？　久し振りに会えたのに」

もちろん嬉しいに決まっている。だけどあのまま話し込んでいたら、騒ぎになってしまう。

私が何から切り出そうか迷っていると、彼はサングラスと帽子を外した。

「俺、アメリカに行ってたんだ」

「知って、ます」

「今朝、日本に帰ってきた」

「テレビで見ました」

「だから、真っ先におまえに会いたかったんだけど……もしかしてなにか、怒ってる？」

翔さんは私の顔を覗き込んだ。

「そうじゃなくて、心配だったんです。全然連絡がなかったから……」

「あ、悪い……亮子からのメール、ちゃんと届いていたよ。毎日送ってくれて、嬉しかった。だけど、そんなに心配してたなら、メールにひとこと書けば……」

「翔さんのお仕事、邪魔しちゃいけないと思ったから」

「……そうか」

「……ひどいですよ。一度も返信、くれないなんて。私はすっかり、忘れられたとばかり……」

私は訴えた。

「ごめん……俺、自分に負けたくなかったんだ。亮子の声を聞いたら、会いたくなるから。そしたら、役に集中できなくなる。この仕事、どうしても成功させたかったんだ……」

翔さんは、真剣な眼差《まなざ》しで私を見つめた。

「待たせて、悪かった。もう二度と、おまえを離さない」

「翔さん……」

「俺と結婚してくれないか、亮子」

「け、結婚……？」

私は突然のプロポーズに、大きく息を呑んだ。

「ダメ？」

「そんなこと、考えたこともなかったから……ちょっと、びっくりして……」

いきなりの展開に、私の頭はついていけない。

どう、しよう……

まさかプロポーズされるなんて。一生のことだから、きちんと考えたほうがいいよね？

だけどそんな悠長な返事をしたら、忙しい翔さんとまた離ればなれになってしまうかもしれない。

「結婚、したいです、翔さんと。でも今はスーパーが忙しいから、両親にも相談しないと……だから私ひとりでは、決められないというか……」

すると翔さんは、私をぎゅっと抱きしめた。

「ほっとしたよ」

「えっ……？」

「断られるかと、思った……」

「そんな……」

「幸せにするから、亮子のこと」

「よろしく、お願いします……私も翔さんのこと、幸せにします……」

私は目を潤ませながら、そう言った。

翔さんと結婚だなんて——本当に、夢のよう。

私たちは見つめ合って、ゆっくりと顔を近づけた。

久し振りのキス……

翔さんは、私の腰をぐっと引き寄せて、口づけを深くした。彼の舌が唇を甘くなぞり、その隙間を割って中に侵入しようとしたとき——

ドンドン、ドンドン！

倉庫のドアが激しく叩かれた。

「亮子？」

母の声だ。私たちは小さな笑みを浮かべて、名残惜しく離れた。

ドアを開けて外に出ると、母だけでなく、翔さんに気付いたアルバイトの主婦や数人のお客さんが立っていた。

「城ノ内さん、またいらしてくださったの？」

母の問いかけに、私はぎこちなく頷《うなず》く。

「う、うん……」

「ご無沙汰しています、お母さん」

いきなりのトップスターの登場に、お客さんたちは「きゃーっ！」という歓声を上げた。

翔さんは彼女たちに微笑んで一礼すると、母に向かって頭を下げた。

「突然うかがって、すみません。お父さんとお母さんに、お話が……」


少しの間だけ店を従業員に任せ、母と私は翔さんと一緒に自宅へ向かった。

父は居間でコタツに入り、新聞を広げていた。庭いじりをしていた祖父も、私たちの様子に気付いて家の中へと入ってくる。

出先から戻った祖母は台所で片付けをしていたが、翔さんを見て嬉しそうに笑った。

そして彼は、私と結婚したいと家族に頭を下げた。

俳優という特殊な仕事をしているためプライベートまで追いかけられることも多く、苦労をかけるかもしれない。それでも私と一緒に生きていきたい――

翔さんの言葉を聞き、両親と祖父母は私が幸せになるなら結婚を認めると言ってくれた。

私は、彼と顔を見合わせて笑う。

その後、来年の春以降に式を挙げようかと話した。翔さんの出演する海外映画が公開されるのは、春である。

彼はできるだけ早く、ドイツに住む自分の両親に私を会わせたいと言う。

大丈夫かな、私で……

そして年明けに、私は彼の両親に会うためドイツに向かったのだった。

＊＊＊

アメリカでの仕事を残してきた翔さんは、我が家を訪れた数日後にふたたび渡米した。彼は仕事を終えてから、ドイツに向かうという。

私はパスポートを持ってはいるものの、これまで海外旅行をしたことがない。

翔さんとはベルリンのホテルで落ち合うことになっているのだけど——

本当に大丈夫かな？

不安で仕方なかった私だけど、それは杞憂《きゆう》に終わった。

飛行機を乗り継いでベルリンに到着し、そこからは翔さんに言われていた通り、タクシーで移動した。

到着したのは、大きなロータリーと立派な正面玄関のある超高級ホテル。

ベルボーイに荷物を任せ、クラシック音楽が流れる吹き抜けのロビーに足を進めると、中央には大きな花瓶に入った生花が飾られている。優雅な空間だ。

私はホテルのフロントで名前を告げてパスポートを提示し、午前中にチェックインした。翔さんがすべての手配をすませていてくれたので、チェックインはとてもスムーズだった。さらに彼は、スイートルームを予約してくれたらしい。

ホテルの二十二階にあるスイートルームは、本当に素敵な空間だった。

応接セットがあるリビングに、キングサイズのベッドが置かれた広い寝室。優雅なバスルームに、大きなウォークインクローゼットまで――

どうやらここは、海外のセレブリティたちが長期間滞在する際などに使われている部屋のようだ。

私はうっとりと溜息を漏らしながら、まずは自分の荷物を片付けた。

翔さんの到着は夜になると聞いている。ひとりで夕食をすませておくようにと言っていたので、きっと遅くなるのだろう。

ホテルの中は暖かかったが、外は凍りつくような寒さだ。二十二階のスイートルームの大きな窓から眺めると、ドイツの一月の街は雪景色だった。

それでも初めての海外旅行。つい、そわそわしてしまう。

部屋でただじっとしているのがもったいなくなった私は、ホテルの周辺だけでも散策してみたくなった。

私はダウンコートを羽織ってブーツを履き、さっそく外に出た。

テレビやインターネットでドイツの風景を見てきたが、実際に現地にやってきて街を歩いてみるとすべてが新鮮だった。趣《おもむき》のある建物や街並み、楽しそうに行き交う人たち。

なにげなく入ったカフェで、ドイツパンにハムが挟んであるサンドイッチとコーヒーを注文した。

ドイツに行くのだからと、急遽《きゅうきょ》簡単なドイツ語会話を勉強してきたが、どこでも英語が通じてホッとした。空港やホテルだけではなく、街やカフェに入っても、ドイツの人たちは英語で親切に対応してくれる。

私はカフェの窓から、異国の街並みをぼんやり眺めた。治安も雰囲気もいいこの街が、私はすぐに好きになった。

＊＊＊

そのあとしばらく散策を続けてから、午後の二時にホテルの部屋へ戻った。

リビングのソファーに一度腰かけると、疲れていたのか、なかなか立ち上がることができない。

考えてみれば、昨夜は飛行機の中で過ごしてまだお風呂にも入っていない。

翔さんの到着は夜になるはず……

私はひとまず、シャワーを浴びて着替えることにした。

浴室から出て、洗面所に備え付けられたドライヤーで濡《ぬ》れた髪を乾かしていると、突然強い眠気が襲ってくる。

少しだけ、眠ろう……

私は日本から持ってきたトレーナーとスウェットパンツに着替え、ゴージャスなキングサイズのベッドに飛び込んだ。


んっ、うっ……

背後から伸びてきた手が、私の胸を触っている。トレーナーの上から、左右の乳房を同時に、やわやわと揉《も》みほぐされていた。

あっ、ん……気持ち、いい……

どうやら私は、夢の中にいるみたい。瞼《まぶた》が重くて目を開けることができず、私はされるがままになっていた。

やがて、トレーナーがたくし上げられる。その手は、大胆にも私の二つの膨らみに直《じか》に触れた。

んっ、だめぇ……

快感が下肢にまで伝わり、お腹の奥が熱くなる。

もっと……あ、いい……

硬くなり始めた胸の先をさらに攻められて、私は眉を寄せた。

あぅ、んっ……だめっ、そんな……

指先で転がしたり、つまんだり。膨らみかけた頂《いただき》を、その手は悪戯《いたずら》に弄《もてあそ》ぶ。

やがて胸の膨らみをぎゅっと強く鷲掴《わしづか》みにされて、私は思わず声を上げてしまった。

「んっ……」

下半身から湧き上がる快感が全身を淫《みだ》らに駆け巡り、夢とは思えないくらいリアルだった。

その手の持ち主は、胸への愛撫を続けながらも、私の耳元に熱い吐息を吹きかける。

「あぅ……だ、だめぇ……」

耳たぶを優しく食《は》まれ、ペロペロと舐《な》められる。ついには舌先が耳の穴に入ってきて——

「やぁ、んっ……」

耳や首筋、胸元を丁寧に舐められて、私はなぜか実家で飼っていた犬を思い出してしまった。

小さい頃に飼っていたゴールデン・レトリバーのケイスケは、大型犬ながらも穏やかな性格で、私に一番懐いていた。

毎日一緒に散歩へ行き、私が落ち込んでいるときには顔や手をペロペロ舐めて慰めてくれたのだ。

「やぁ、くすぐったいよ……やめ、て……」

今は天国に行ってしまったけれど、大好きだった。

「んぅっ……だめよ、そんなに舐《な》めちゃ……ケイスケ」

私はケイスケを窘《たしな》めた。すると突然、唸《うな》るような男性の声がする。

「ケイスケって、誰だ⁉」

「……えっ⁉」

夢の中を彷徨《さまよ》っていた私は、驚いて目を覚ました。ゆっくりと身体を仰向けにし、声のしたほうを見てみると――

「翔、さん……」

彼は、険しい表情をこちらに向けている。

「もう、着いたの？」

「ああ」

「ごめんなさい。私、つい眠っちゃって……」

私は胸の上にたくし上げられたトレーナーを慌《あわ》てて引き下ろしながら、翔さんに笑顔を向ける。

しかし――

「ケイスケって、誰？」

翔さんは少し怒ったような顔で、私に聞いた。

「えっ？」

「今、寝言で言ってたから」

「あの、ケイスケは昔……」

「まさか昔、好きだった、男……？」

「いえ……その、犬なんです。実家で昔飼ってた……」

「犬⁉」

「はい」

「……」

「なに、か……？」

「別に」

翔さんは大きく息を吐き出して、私の隣に仰向けになった。

――もしや彼は『ケイスケ』という男性の名前に、ヤキモチを焼いてくれたのだろうか――

だとしたら、嬉しいかも……

私は思わずにやにやしてしまった。

「なに？」

「いいえ」

「言えよ」

「内緒です」

窓の外に目をやると、空が真っ暗になっている。寝室にも、間接照明の明かりが灯されていた。軽く昼寝をするつもりが、本格的に眠ってしまったらしい。

私は反省して、身体を起こす。

「今、何時ですか？　起きますね」

しかし翔さんに肩を押さえ付けられる。

「ダメ」

「え……？」

「ベッドで俺を待っていたくせに、このまま逃げるつもりか？」

翔さんはそう言って、すぐに私の唇を奪った。

「んっ……」

彼は私の唇を優しく食み、生温かい舌を入れてきた。

「や……、あんっ」

口の中を隅々まで舐《な》め尽くし、すばやく私の舌を絡《から》めとる。

着ていたトレーナーがふたたびたくし上げられた。そしてあっという間に、それを脱がされてしまった。

「きゃっ！」

先程の刺激のせいで、胸の頂《いただき》は赤く色付いて尖っている。私は恥ずかしくて、両手でそれを必死に隠した。

だけど翔さんは私の手をどかし、穿《は》いていたスウェットパンツと一緒に、ショーツまでずり下ろした。

「や……」

一糸《いっし》まとわぬ姿にされて、私は息を呑む。

「翔、さん……？」

彼はなにも言わず、服を脱ぎ始めた。

柔らかなオレンジの間接照明が、厚くて逞《たくま》しい彼の肉体を照らし出す。

全裸になった翔さんは、私の二つの膨らみの上に、その硬い身体を重ねた。そしてふたたび、熱いキスの雨を降らせていく。

「んっ……」

舌と舌が絡《から》み合うまで、そう時間はかからなかった。

翔さんは柔らかな唇を私の唇に押し当てたまま、くちゅくちゅと音を立てて私の口内を犯していく。そして、長い指先を私の胸元に這わせた。

「あっ……んっ……うっ、く……」

勃《た》ち上がっていた突起をぴんぴんと弾かれて、私は声を上げてしまう。

下肢に、ふたたび熱が宿り始める。

「あんっ……やん……だ、めぇ……」

もどかしいほどの疼《うず》きが下半身から突き上がってきて、じんじんと肌を痺《しび》れさせるように、全身に広がっていく。

「はぁっ……んっ」

翔さんは指を器用に使って、私の乳首を弄《もてあそ》んだ。私は思わず、膝と膝をもじもじとすり合わせてしまう。

「やっ……くぅ……あ、んっ」

「感じてる？」

いきなりの恥ずかしい質問に、私の顔はかあっと熱くなるだけ。

「どうするのがいいのか、教えてくれ」

「無理、です……そんな、こと……」

「そう言わず、教えてくれよ。亮子の感じる場所を」

「……」

私が言葉に詰まっていると、翔さんはふたたび尋ねた。

「俺、いじわるかな？」

「は、はい……」

「やっぱり……でも、楽しい」

「あの、私……本当に初めてで……なにも知らなくて……だから……」

「もしかして、怒ってる？」

「いいえ、そんなことは……」

「怒ってもいいよ。どんな亮子も、最高に可愛いから……」

「……」

翔さんの唇と舌が、私の首筋を滑り始めた。

肩と鎖骨《さこつ》を辿り、二つの膨らみの周りにちゅっ、ちゅっと、軽いキスを落としていく。

「ん……」

彼は淫《みだ》らに舌を動かし、私の小さな膨らみを舐《な》めた。乳房は瞬《また》く間に唾液で濡《ぬ》れていくが、それでも中心の敏感な蕾《つぼみ》にはなかなか触れてくれない。

私はもっと刺激がほしくて、腰をくねらせた。

「んぅ……あんっ」

身体をよじらせるたびに、下肢から蜜がこぼれていくのがわかる。

「やだ……お願、い……」

「なに？」

「だか、ら……」

「言ってくれないとわからない。もっと？」

私は顔から火が出るくらい恥ずかしかったが、欲望に負けて彼にお願いした。

「んっ……も、もっと……」

満足そうに微笑んだ翔さんは、勃《た》ち上がった頂《いただき》をようやく口に含んでくれる。そしてちゅっちゅっといやらしい音を立てて、強く吸い付いた。

「んぅ、くっ……っ、あぅ……んっ、や、あぁ……」

あまりの気持ちよさに、私は嬌声《きょうせい》を上げて、身体をよじった。

「んっ……あ……だ、めっ……あんっ」

まだ経験したことのないこの先を、早く知りたい――

胸を触られるだけで、こんなに気持ちがいいのだ。

彼と結ばれたら、どれほど感じてしまうのだろう。

はしたなくもそんなことを考えていたら、翔さんの手が下へ下へと滑っていく。みぞおちにお臍《へそ》、そのあとは薄い茂みへ――

「……っ」

彼は、もっとも敏感な場所にそっと触れた。

「やん！」

「すごく、濡《ぬ》れてる……」

彼の言葉に、私は顔が熱くなるのがわかった。

「あ、うっ……」

中指を溝に沿ってゆっくり動かし、ときおり、花弁を探ってくるくると円を描く。

「んっ……やぁんっ……」

「気持ちいい？」

「はぁ、んっ、いい、です……ぁっ」

「じゃあ、これは？」

彼は大胆に指を蠢《うごめ》かせた。その瞬間、蜜があふれだすのがわかった。

「……っ、はん……ぅ、あん！」

私は恥ずかしくて、彼の腕をぎゅっと握った。

だけどそんな抵抗は、なんの意味も持たない。私の感じる場所を知り尽くしたような指先が、さらに敏感な部分を攻め立てていく。

「あんっ……だ、だめ……くっ……やぁ……そんな、こと……」

下半身が崩れてしまいそうなほど、感じていた。

熟れた蕾《つぼみ》を何度もこすり上げられると、身体がふわふわと浮き上がりそうだ。

やがて彼の指は、くちゅりと私の中に入り込んだ。

「んっ……うっ、だ、だめ………やぁ、あん……」

翔さんは中に挿《い》れた指を、何度も蕾にこすりつけながら出し入れした。私の息はどんどん上がっていって、苦しくなってしまう。

「あぅんっ……いやぁ……やめ、て……あぁん……」

「ホントに、やめてほしい？」

「んっ……やぁ、ん」

「気持ちいいんだろ？　ほら」

彼はわざと音を立てて、指を動かす。

すると、ぐちゅぐちゅと卑猥《ひわい》な音が室内に響いた。

「やぁ……ああっ、だめ……」

翔さんの指を咥《くわ》えた蜜口が、彼の指をきゅうきゅうと締め付ける。

「ここが好きなんだよな、亮子は」

「うんっ……やぁ……あん……っ」

気が付くと私は、小さく腰を揺らしていた。

「腰、動いてる……亮子はいやらしいな」

「やんっ……あ……んんぅ」

「ほら、ちゃんと気持ちいいって言えよ」

彼はそう言って激しく指を出し入れしながら、親指の腹で蕾《つぼみ》をこすり上げた。

その強烈な快感に、目の前がちかちかした。

「やぁっ！　あん、翔さ、ん……だめ、それ……」

私は彼にしがみつき、目をぎゅっと閉じる。

「あん、んっ……やっ、あ……いいっ」

思わずそう口にすると、翔さんは嬉しそうに指の動きを速めた。

「これが気持ちいいのか？」

「んっ、気持ち、いい……あん！　やぁ、だめ……もうっ」

「いいよ、イッて？」

「やあ、っん……！　ああっ!!」

彼が蕾を強くこすり上げた瞬間、ものすごい快感が駆け上がってきて、私の頭は真っ白になった。

身体から力が抜けて、うまく呼吸ができない。

だけど――

「ごめん、イッたばかりなのに……でも、俺も限界だ」

翔さんは、なにかを取り出したらしい。

ピリッと袋が破られる音がしたけれど、肩で息をしている私は目を開けることができない。

やがて彼は私の太腿《ふともも》を掴んで、ゆっくりと脚を開かせた。

「最初は少し、痛いかもしれないけど」

「ん……だ、だいじょうぶ、です」

私は薄目を開けて、彼を見つめる。

すると翔さんは、すごく綺麗に微笑んだ。

「ゆっくり、するから」

「……はい」

翔さんは、硬い彼自身を私の蜜口にそっと当てた。

「んっ……」

彼はその太い切っ先をゆっくり上下に動かしたあと、慎重に私の中へと入ってきた。

「いっ、た……あ、ああっ……」

私は思わず声を上げてしまう。すると翔さんは動きを止めて、こちらを覗き込んだ。

「ごめん、痛い？」

「ん……少し、でも大丈夫、です……」

私は翔さんに気を使わせないように、ぐっと歯を食いしばった。本当は今にも皮膚が裂けてしまいそうだったけれど、我慢しなければ――

「力、抜いたほうがいい」

「んっ……でも……」

どうすれば力を抜けるかわからず、私は目をぎゅっと閉じた。

翔さんは私の頭を優しく撫でて、ふたたび私の乳首を口に含む。

「あぅ……んんっ……」

下半身には痛みがあるが、胸の蕾《つぼみ》を刺激されるうちに、また快感が戻ってきた。

やがて下肢に、痛みだけではない熱が宿り始める。

「……っ」

「ゆっくりと、深呼吸して」

「あ、はい……」

私は言われた通り、深い呼吸を何度か繰り返した。すると少しずつ痛みが和《やわ》らいできて――

「いい感じだ。もう少し挿《い》れるよ」

「ん……っふ……ぅ」

私が大きく息を吐くと、翔さんはさらに腰を沈めた。

「あ、んっ……っあ」

「大丈夫?」

「ごめんなさい。なんだか上手く、できなくて……」

私は呟《つぶや》いた。

「初めてだから、仕方ない。でも亮子の中、すごく締まってて気持ちがいいよ」

「本当、に?」

「このままおまえから、離れられなくなりそうだ」

「……っ」

その言葉が、とても嬉しかった。彼にももっと、気持ちよくなってもらいたい――

「っは、奥まで、入った」

私は彼の言葉に、ホッと息をついた。

だけど――

「亮子がいいなら、少し動きたいんだけど」

「えっ……あ、やぁん……っ」

翔さんは、ゆっくりと腰を上下に揺らし始めた。

「あっ……だ、だめ……ん……あっ……」

ふたたびじりじりとした痛みを感じ始めて、私は目に涙を浮かべた。

だけど、彼に気持ちよくなってもらいたい――

なんとか痛みをやりすごそうとしていると、彼の細い指が胸元に伸びてくる。そして尖った頂《いただき》をくるくると弄《いじ》り出した。

「んんっ……くっ……」

しばらくそうされていると、やがて下肢から、不思議な感覚が迫ってきた。痛み以外の気持ちのいい疼《うず》きが生まれて、私は思わず甘い声を上げてしまう。

「ああっん！」

「はっ、亮子、痛い？」

彼が少し辛そうな表情で尋ねてきた。

私は首を横に振って、彼にぎゅっとしがみつく。

「んっ、翔、さんは？」

「いいよ、すごく……亮子……」

悩ましげな表情で、翔さんはなおもゆっくりと私を突いた。

そして――

「愛してる……」

「え……」

初めて聞いた愛の言葉に、私の身体は喜びに震えた。

「翔、さん……」

私は嬉しくて、翔さんの柔らかな髪をゆっくり撫《な》でる。

すると彼は私に優しい口づけを落として、先程より大きく動き出した。

「んんっ……うっ……あっ」

いきなり前後に激しく揺さぶられて、私の身体はどんどん熱くなる。

「やぁ……っ、あ、あぁ……」

彼はさらにスピードを上げた。私は勢いよく突いてくる翔さんの背中に、ぎゅっとしがみつく。

呼吸がはあはあと、大きく乱れた。

「平気……？」

「んっ、あぁ……だいじょう、ぶ」

「無理してないか？」

「あんっ、ちが……なんか……気持ち、よくて……ああんっ！」

正直に答えると、彼はますます動きを速めた。

「なんか、変に……なりそう、です……や……だ、めぇ……」

悦《よろこ》びの波が、下肢から押し寄せた。

翔さんは私の中を奥まで突いたかと思うと、蜜口まで引き抜き、またふたたびぐぐっとそれを埋め込んでくる。

「あんっ、翔さん……気持ち、いい……」

敏感な蕾《つぼみ》をこするように激しい抽挿《ちゅうそう》を繰り返されると、悦びで身体が崩れ落ちそうだ。

「んんっ……あっ……も、もう……無理……っ」

初めて経験する深くて濃厚な快感に、私の身体はどこまでも溺れていく。

「んんんぅ、だめ……な、なにか……もう……壊れそう……」

「っは、亮子、いいよ、イッて」

「あ、あぁぁっ……！」

ひときわ大きく突かれたとき、身体がびくびくと痙攣して、ディープな快感が全身を襲った。

「く、うぅ……」

そして彼も身体を硬直させて、気持ちよさそうな溜息を落とした——

＊＊＊

今日は、翔さんのご両親にお会いすることになっている。緊張して眠れないかと思ったものの、私は彼と結ばれたあと、すぐ眠りに落ちてしまった。

——昨夜、あんなに濃厚なエッチをするなんて。

まだ下腹部に違和感は残っているし、少し身体がだるかったけれど大丈夫。

私はようやく彼と繋がることができて、すごく幸せだった。

「こんな感じで、どうでしょうか……」

私は日本から持ってきた、白い襟のついた清楚なワンピースを着た。

「いいと思う」

翔さんはこちらを見て微笑む。

「……よかった」

しかしこんな会話をしながらも——

私は恥ずかしくて、彼の顔を正面から見ることができなかった。

翔さんの顔を見ると、どうしても昨夜のことを思い出してしまう。

「そんな態度じゃ、昨日エッチしたこと、両親にバレるかも」

「ええっ？」

「嘘だよ」

彼は悪戯《いたずら》っぽい笑みを浮かべて、優しくこちらを眺めていた。


時間になると、翔さんが手配してくれた迎えの車がホテルまでやってきた。

私たちは後部座席に並んで座る。

「まだ、緊張してる？」

翔さんはそう尋ねてきて、私の手をきゅっと握った。

「少し……」

「それは、よくないな」

翔さんは私の膝の上を、さわさわと撫《な》で始める。

「だ、だめですよ！」

私は運転席のほうをちらりと見ながら、声を殺して窘《たしな》めた。

「なんで？　俺たち、いずれ夫婦になるのに」

「それとこれとは……」

彼は私を困らせたいのか、着ていた私のオーバーコートのボタンを外し、手を忍ばせた。そしてワンピースの中に手を入れて、太腿《ふともも》の奥に指を這わせていく。

「な、なにを……するん、ですか？」

「亮子の緊張を、ほぐしてやりたくて」

「で、でも……」

「大丈夫。この位置なら運転手からは見えないから」

「だめ、ですって……本当、に……」

それでも指が敏感な部分へと近づくにつれて、脚が自然と開き、大切な部分が彼の指を求めてしまう。早く触れてほしいと、ぞくぞく疼《うず》いた。

「翔さん……」

頬が熱くなり、視界がぼんやりしてくる。

やがて彼の指は、私の敏感な場所にツンと触れた。

「んっ！」

私は息を呑み、身体をぴくりと反応させる。

「正直だな、亮子の身体は……」

彼はおもしろそうに、そこへの刺激を続ける。

「んっ……う、うぅ……」

敏感な蕾《つぼみ》を上下にこすりつけられて、私はすぐに感じてしまった。

下着が湿り始めているのもわかる。

だけど意地悪な翔さんは、視線を窓の外に向け、

「今年のドイツは、雪が多いのかな？　亮子はどう思う？」

などと、あっけらかんと尋ねてきた。

「も、やだ、翔さん……」

「本当は嬉しいくせに」

彼は勝ち誇ったような表情をこちらに向ける。

悔しいけど、その通りだった。こんなところで触られているのに、喜んでしまう自分がいる。

翔さんはそのあとも、ご両親のいる大使館に着くまで、この悩ましくて気持ちのいい悪戯《いたずら》を続けたのだった。

結婚相手である彼の両親に、初めてお会いする――

私は緊張しすぎて、心臓が壊れそうだった。

翔さんは、なにも心配することはないと微笑んでいたが……以前、ダイヤプロモーションの社長から言われたことが心に引っかかっていた。

私では彼と釣り合わないのでは――？

そんな不安を抱えていたものの、実際に顔を合わせてみると、翔さんのご両親はとても気さくで感じのいい方たちだった。

大使をされているお父様は、冗談交じりに会話を進めるとてもユニークな紳士。

お母様も終始穏やかに微笑んで、優しい言葉をかけてくれた。

お二人とも、翔さんが私と結婚することに、とくに反対するつもりはないらしい。彼が私を選んだということに、大きな信頼を寄せているようだ。

妹の美奈《みな》さんは、急遽《きゅうきょ》仕事が入ったようで、今日は来られなかったけれど、彼女も結婚を喜んでいると聞いて胸が温かくなった。

スケジュールの都合上、今夜の飛行機でアメリカに戻らなくてはならない翔さんと私は、彼のご両親が用意してくれた豪華な昼食を一緒にとったあと、ホテルに戻った。

＊＊＊

「よかった……」

私は結婚を認めてもらえて、とにかくほっとしていた。

だけど翔さんは、少し不機嫌そうだ。

どうしたんだろう？

「翔さん？」

彼の顔を覗き込むと、腰を引き寄せられる。

「あの、翔さん？　なにかありましたか？」

「……亮子、嬉しそうだな。俺は今夜、アメリカに戻るのに」

「だって、結婚の報告がうまくいったから……翔さんは、嬉しくないんですか？」

「……嬉しいけどさ」

翔さんは今夜の飛行機でアメリカに、私は明日の飛行機で日本に戻ることになっている。

彼とはまたしばらくのお別れだ。

確かに、私だって寂《さび》しいけど――

「やっぱり、やめた」

「なにを？」

「今日、帰るの」

「どうしてですか？　飛行機のチケット、もう取ってあるんですよね」

私は目を見開く。

「だ、だめですよ、そんな思い付きで行動しちゃ。向こうで仕事、入ってるんですよね」

「まあ」

「だったら……」

だけど翔さんは、私をベッドに押し倒そうとする。

「ま、待ってください。それならまず、竹田さんに電話しないと。翔さんが戻ってこなかったら、どれほど心配するか……」

そう言って彼の携帯を取ろうとしたが、翔さんは私を後ろから抱き締めた。そしてうなじに艶《なま》めかしい唇を這わせてくる。

「だめ、です、よ……翔、さん……」

「俺には早く帰ってほしいってこと？　仕事を優先しろって？」

「んっ、そんなこと思ってないです……」

「お仕置きだ」

翔さんは、私が着ていたワンピースのファスナーを素早く下ろした。

「あんっ……」

彼はそのままワンピースを脱がしてしまう。

「しょ、翔さん……まだ、明るい時間ですし……」

「セックスは夜しかできない、なんて決まりはない。いつだってできる、素晴らしい愛の表現方法だろ？」

「えっ……」

翔さんは、キャミソールの上から、私の胸をぐにぐにと揉《も》んだ。そしてブラのホックを外し、肩紐をずり下げる。

「やんっ！」

上半身を裸にされた私は、胸の先を両手で覆い隠し、その場にしゃがみ込んでしまう。ストッキングからショーツが透けていて、すごく恥ずかしい。

「まだ胸に、コンプレックスがあるの？」

「そうじゃ、なくて……」

「俺たち、春には結婚するんだ。なにをそんなに、恥ずかしがる必要がある？」

「だって……私、こういうのに、慣れてなくて……」

「なら俺が、慣れさせてやる」

「きゃあ！」

私は翔さんに抱き上げられて、そのままベッドに運ばれた。そして胸を剥《む》き出しにされたまま、ベッドに下ろされる。

私はあまりに恥ずかしくて、彼が服を脱いでいる間にうつ伏せになった。こうすれば、小さな胸をまじまじと見られなくてすむ。

しかし――

「まだ、隠すつもり？」

「……」

「亮子の悪い癖だ。自分の身体に、少しは自信を持て」

「そんなこと、言われても……」

「わからないな。透き通った綺麗な肌をしているのに……」

彼はそう言って、つーっと私の背中に指を這わせていく。

「こんな色っぽい姿で、俺を拒否しようとしても無駄」

「翔さんが、私を裸にしたんじゃ……」

「ほら、こっち向いて」

「嫌です」

「だったら仕方ないな。エッチは後ろからもできるってこと、教えてやるよ……」

「ひゃんっ！」

翔さんは、後ろからショーツをストッキングごと一気に取り去った。

「だ、だめです、本当に。昨日、したばかりだし……」

まだ下肢が少し、ひりひりしている。

どう、しよう……

予想外の展開に、私は戸惑っていた。

それでも彼が背中に舌を這《は》わせ始めると、身体がぞくぞくとざわめき出す。

「や……だめ、ですよ……翔さん……」

いつしか呼吸まで乱れてくる。

背中を辿っていた唇と舌は、やがて私のお尻を攻め始めた。彼の両手が双丘をいやらしく揉《も》み、舌がその谷間へと大胆に伸びる。

「あぅ……そ、そんな……ところ……」

悩ましい感触に、私は我慢ができず腰をくねらせた。蜜口からは、蜜があふれだしているのがわかる。

「やん……だ、めぇ……」

翔さんは背後から、こぼれ落ちた蜜を舌で舐《な》め上げた。

「う、ん……」

「もう、びしょ濡《ぬ》れだな。ますます感じやすくなったんじゃない？」

「し、知らない……」

「さすがにこのまま、放置するわけにはいかないよな……」

翔さんは、私の腰をぐいっと持ち上げた。そして自身の欲望を、敏感な入り口に突きつける。

「あんっ……翔、さん……」

セックスにいろんな体位があるとは聞いていたが、二度目でこれはハードルが高過ぎる。

けれど翔さんはその硬くなったモノを、くりくりと花弁に押し付けた。そして一気に挿し込んでくる。

「う、はっ……ぁん！」

まだ準備が完全ではないはずなのに、それは意外にも簡単に中へと侵入した。

「やっ、あ……んぅ……」

お尻を後ろに突き出した格好で、私は彼に愛されている。

翔さんは腰をぐんと前へ突き出すように、欲望の出し挿《い》れを繰り返した。

「はぅ……だ、め……やぁ……」

呼吸がどんどん上がっていった。

下半身からは、崩れるような快感が一気に襲ってくる。

「だめ、もう……気持ち、よすぎる……」

「っは、いいよ、亮子。気持ちよくなって？」

私は早くも頂点に達しそうだった。

翔さんはそんな私をさらに追い込むように、激しく腰を揺らし続ける。

「あぅ……激、しい……、翔さん……もう……無、理……」

「いいよ……亮子……」

「やんっ、翔さん……」

やがて彼は全身を悩ましげに硬直させたかと思うと、熱い欲望を注ぎ込んだ。

思いもよらず翔さんから愛されてしまった私は、ベッドでうとうととまどろんでいた。すると彼はいきなり立ち上がり、帰り支度を始める。

「明日、帰るんじゃ、なかったの？」

「冗談だよ。……その、ごめん。困らせるようなこと言って。でも離れたくなかったんだ、亮子と」

彼は照れ臭そうな表情でそう言い、私の額にちゅっとキスを落とす。

彼と別れることが無性に寂《さび》しくなって、私は思わず呟いた。

「……行かないで」

「ごめんな。でも、その言葉が聞けて、嬉しいよ」

「いじわる……」

翔さんは、どこか切なそうに微笑み、荷造りを再開する。

私は全身にシーツをまとい、彼の傍まで歩み寄った。

「なにか、手伝うことは……？」

「大丈夫。もうほとんど終わったから」

「だったら、お別れのキス、して……」

私は初めて自分から彼にキスをねだった。

「ああ」

翔さんは優しい笑みを浮かべて、口づけてくれる。

「んぅ……」

本当は、もう少し一緒にいたい……

だけど彼はトップスター。

私がずっと独占することなんてできない。

「もう行く。これ以上いると、マジで帰りたくなくなるから」

「……」

私は泣きそうになりながらも、無理に笑顔を作った。

「は、はい……」

「亮子……キス、上手くなったな」

「え……？」

「俺が傍にいなくても、心はずっと一緒だ。それだけじゃない。おまえの唇も身体も心も、すべてが俺のものだということ、忘れるな」

翔さんは念を押すようにそう言うと、ハンサムな顔で微笑んだ。

「しょ、翔さんの唇も身体も心も、私のものだからね！」

思わず叫ぶと、彼は楽しそうな笑い声を上げる。

「ああ。もちろん。じゃあ、またな」

「行ってらっしゃい。頑張って」

彼を見送った私は、ベッドに座り込んだ。

しばらく会えないのは寂《さび》しいけど、それでも私はひとりではない。

翔さんがいる。

彼が一生傍にいてくれると思うだけで勇気が湧くし、心が満たされていく。

これからは、ずっと二人一緒……

きっとこれは、奇跡に違いない。

恋愛すらしたことがない平凡な私が、トップスターの彼と恋に落ちて結ばれるなんて。

こんな展開、神様ですら予想できなかったはず――

私はひとりでにっこり微笑み、彼のいなくなった広いスイートルームで、いつまでも幸せに浸っていた。

〜大人のための恋愛小説レーベル〜

ETERNITY
エタニティブックス

ETERNITY Rouge
エタニティブックス・赤

甘々でちょっと過激な後日談!?

4番目の許婚候補 番外編

富樫聖夜

装丁イラスト／森嶋ペコ

庶民なＯＬのまなみは、上司で御曹司の彰人《あきひと》と婚約中。ある日、会社で同僚とおしゃべりしていたら、先輩社員の明美から「課長のアレってどうなの？」と質問される。アレって何？　と首を傾げるまなみだけれど、どうやら夜の生活に関係するものらしく……!?「ガールズトーク」と他二編の番外編を収録した、庶民なＯＬと隠れ御曹司の許婚ウォーズ、待望の番外編！

※エタニティブックスは大人の女性のための恋愛小説レーベルです。ロゴマークの色で性描写の有無を判断することができます（赤・一定以上の性描写あり、ロゼ・性描写あり、白・性描写なし）。

詳しくは公式サイトにてご確認ください。
http://www.eternity-books.com/

携帯サイトはこちらから！

～大人のための恋愛小説レーベル～

ETERNITY
エタニティブックス

エタニティブックス ETERNITY Rouge

リフレのあとは、えっちな悪戯《いたずら》!?
いじわるに癒やして

エタニティブックス・赤

小日向江麻

装丁イラスト／相葉キョウコ

化粧品会社で働く園田莉々《りり》は仕事で悩んでいた。ある日、天敵の同期・柳原渉《やなぎはらわたる》から役立つ資料を貸してやると言われ、抵抗を感じつつも彼の自宅へ向かう。そこで莉々は、なぜか渉からリフレクソロジーをされることに！　最初は嫌々だったものの、彼のテクニックは抜群で、莉々のカラダはとろけきってしまう。しかもその状況で、渉に迫られて……!?

※エタニティブックスは大人の女性のための恋愛小説レーベルです。ロゴマークの色で性描写の有無を判断することができます（赤・一定以上の性描写あり、ロゼ・性描写あり、白・性描写なし）。

詳しくは公式サイトにてご確認ください。
http://www.eternity-books.com/

携帯サイトはこちらから！

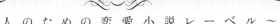

〜大人のための恋愛小説レーベル〜

ETERNITY
エタニティブックス

装丁イラスト／motai

エタニティブックス・赤

ガーリッシュ

藤谷 郁

ハプニングで、とあるイケメン男性が大切にしていたネックレスをなくしてしまった亜衣。お詫びに彼の手伝いをすることになったけど、その仕事内容は……超売れっ子“エロ漫画家”アシスタント!? しかも亜衣は、作画資料にとエッチなコスプレを強要されて……。純情乙女とイケメン漫画家の、どきどきラブストーリー！

装丁イラスト／小島ちな

エタニティブックス・赤

秘め事は雨の中

西條六花

彼氏にひどい振られ方をした杏子《きょうこ》。ショックのあまり雨の中、傘も差さずに佇んでいると、たまにバスで見かける男性に声をかけられた。ずぶ濡れの杏子を気遣ってくれる彼。その優しさに戸惑う彼女に、彼は以前から好きだったと告げてきて——。雨が降る日の逢瀬からはじまるラブストーリー。

※エタニティブックスは大人の女性のための恋愛小説レーベルです。ロゴマークの色で性描写の有無を判断することができます(赤・一定以上の性描写あり、ロゼ・性描写あり、白・性描写なし)。

詳しくは公式サイトにてご確認ください。
http://www.eternity-books.com/

携帯サイトはこちらから！

神崎たわ（かんざき たわ）
大阪府生まれ、都内在住。元コピーライター。別名義で舞台脚本やゲームシナリオも手がける。著書に『うつむき加減の恋』（コスミック出版）、『愛と運命の嵐』（オークラ出版）などがある。

HP「恋愛作家　神崎たわのブログ」
http://kanzakitawa.blog.fc2.com

イラスト：小島ちな

トップスターのノーマルな恋人《こいびと》

神崎たわ（かんざき たわ）

2015年 5月31日初版発行

編集ー渡邊敏恵・宮田可南子
編集長ー塙綾子
発行者ー梶本雄介
発行所ー株式会社アルファポリス
〒150-6005 東京都渋谷区恵比寿4-20-3 恵比寿ｶﾞｰﾃﾞﾝﾌﾟﾚｲｽﾀﾜｰ5F
TEL 03-6277-1601（営業） 03-6277-1602（編集）
URL http://www.alphapolis.co.jp/
発売元ー株式会社星雲社
〒112-0012東京都文京区大塚3-21-10
TEL 03-3947-1021
装丁イラストー小島ちな
装丁デザインーansyyqdesign
印刷ー大日本印刷株式会社

価格はカバーに表示されてあります。
落丁乱丁の場合はアルファポリスまでご連絡ください。
送料は小社負担でお取り替えします。

ISBN978-4-434-20655-9 C0093